Für einen besonderen Menschen!

Ich widme dieses Buch meinem Mann Miche, der immer an mich glaubt und mich stets unterstützt, egal was ich mir wieder in den Kopf gesetzt habe!

Ich liebe Dich!!!

Danke an:

Michaela Abresch,
die mich ermutigt hat, es einfach zu tun!

Leni -
und wie sie zur Polizei kam

1.

Leni ist 28 Jahre alt, sie ist nur einen Meter fünfzig groß, zierlich und hat viele Sommersprossen auf der Nase. Sie hat ein durch und durch positives Gemüt und steckt alle mit ihrer Fröhlichkeit an.

Die Menschen sagen, sie sei behindert - Trisomie 21, auch Down-Syndrom genannt - aber das macht Leni gar nichts aus, sie ist rundherum zufrieden mit sich und ihrem Leben.

Leni wohnt im Haus „Ich + Du", ein sogenanntes Mehrgenerationen-Haus, in dem die unterschiedlichsten Menschen zusammenleben um sich gegen - seitig zu helfen und füreinander da zu sein.

Alle, außer Herrn Detterbeck... aber zu ihm kommen wir später noch.

Das „Ich + Du Haus" liegt am Ortsrand von Sonnwang, einem kleinen Dorf in der Nähe des Chiemsees, im Süden von Bayern.

Leni ist hier vor zwei Jahren mit ihrer Mutter eingezogen, da diese schon fast siebzig Jahre alt und ein wenig krank war. Beide fanden die Idee schön, dort gemeinsam mit anderen Menschen den Lebensabend der Mama zu verbringen und hatten auch ein wenig die Hoffnung, dass Leni, hier weiter betreut werden könnte, wenn die Mama dies einmal nicht mehr alleine schaffen sollte. Von ihrer Mutter hatte Leni viel gelernt. Sie kann kleine Mahlzeiten kochen, sie kann die Wohnung in Ordnung halten, kann einkaufen und sich selber sehr gut versorgen. Nur beim Geld zählen braucht sie ein wenig Hilfe, aber dafür hat sie ja Astrid und Biggi vom betreuten Wohnen, die alle zwei Tage vorbeischauen um Leni zu unterstützen. Als die Krankheit der Mutter schlimmer wurde hat Leni ganz selbstverständlich viele Aufgaben für ihre Mutter übernommen und sich ganz liebevoll um sie gekümmert.

Wenn Leni bei etwas Hilfe brauchte konnte sie jederzeit die anderen

Bewohner bitten, z.B. wenn sie mal in die Stadt wollte, wenn die Mama zum Arzt musste oder einfach wenn sie Lust zum Bummeln hatte. Wenn es schwere Dinge zu tragen gab, so wie damals als die neue Waschmaschine geliefert wurde und auch als die Mama nicht mehr so gut laufen konnte haben die Mitbewohner immer geholfen.
Doch schon nach einem halben Jahr wurde die Mutter immer schwächer und schwächer, sie musste ins Krankenhaus, wo sie vor einem Jahr gestorben ist.

Leni war sehr, sehr traurig und hatte Angst vor dem Alleinsein. Sie fürchtete, dass sie jetzt ausziehen und in ein Wohnheim für Menschen mit Behinderung ziehen müsste. Doch, alle Bewohner des Hauses waren dafür, dass Leni hier wohnen bleiben durfte und sie sich gemeinsam um sie kümmern werden. Als alle rechtlichen Dinge geklärt waren wurde festgelegt, dass ein Team aus Astrid und Biggi die weitere ambulante Begleitung übernehmen. Britta, die mit ihrer Familie ebenfalls im Mehrgenerationenhaus wohnt sollte der rechtliche Vormund für Leni werden.

Da die Wohnung sehr geräumig und für Leni alleine viel zu groß war, zog nach reiflichen Überlegungen und vielen Gesprächen von Astrid und Biggi mit den restlichen Hausbewohnern vor einigen Monaten Hauke bei Leni ein. Die beiden kannten sich schon lange aus der Werkstätte der Caritas in der sie beide tagsüber arbeiten. Leni arbeitet dort in der Schreinerei und schleift mit Begeisterung die Holzbretter die dort hergestellt werden. Hauke hingegen arbeitet als Bürogehilfe, weil er sehr gut Dinge ordnen und sortieren kann und auch sehr gut ist im Lesen und Schreiben. Bei der Arbeit in der Schreinerei könnte Hauke schmutzig werden und das ist für ihn unvorstellbar. Hauke ist sehr besonders, er ist 33 Jahre alt und hat Autismus, was Leni nicht weiter stört. Nur manchmal, wenn er es immer so genau nimmt. Bei ihm muss alles akkurat an seinem Platz stehen, in seinem Zimmer gibt es keinen Fussel Staub, das Bett ist immer gemacht und die Wäsche peinlichst genau gefaltet. Ganz pünktlich steht er täglich an der Haltestelle und wartet auf den Bus, der ihn und Leni zur Arbeit in die Behinderten-Werkstätte bringt. Auch sonst muss alles genau seine Ordnung haben.

Die Tage der Woche sind streng eingeteilt, es gibt einen Waschtag, einen Putztag, einen Einkaufstag einen Lese-Tag einen Fußball schauen Tag und einen Nichts tun - Tag, das ist der Sonntag. Die ist Leni alles zu kompliziert, sie mag es lieber spontan.

Hauke war mit seinen Eltern vor einigen Jahren aus der ehemaligen DDR, genauer gesagt aus Ost-Berlin nach Bayern gekommen. Haukes Mutter ist schon gestorben und sein Vater musste vor kurzem in ein Pflegeheim ziehen, so dass Hauke ohne das "Ich + Du Haus" wahrscheinlich in eine Einrichtung für Menschen mit Behinderung hätte ziehen müssen.

Trotzdem aller Unterschiede sind Leni und Hauke dicke Freunde geworden und fühlen sich wohl in ihrer gemeinsamen Wohnung. Sie ergänzen sich im Haushalt und verbringen viel ihrer freien Zeit gemeinsam.

Im Haus wohnen auch Mike und Britta Schwarz, die sind aus Norddeutschland, aus Braunschweig hier her gezogen und tun sich manchmal noch ein wenig schwer mit dem Bayrisch, aber langsam klappt es schon. Britta ist Heilerziehungspflegerin und hat, bis ihre Kinder zur Welt kamen in der Werkstätte gearbeitet, in der Leni und Hauke beschäftigt sind. Ihr Mann Mike ist Architekt und arbeitet von zuhause aus, das Haus "Ich + Du" ist dafür der perfekte Ort dafür. In seiner Wohnung gibt es großes Atelier mit Blick in den angrenzenden Wald.

Britta hat nach der rechtlichen Betreuung von Leni später auch die von Hauke übernommen, was für sie sehr praktisch ist, denn jetzt kann sie ja sozusagen von zuhause aus arbeiten, wie ihr Mann Mike. Sie hat dabei noch die Unterstützung vom Team des ambulanten betreuten Wohnens, das abwechselnd vorbeikommt und nachschaut ob Leni und Hauke auch gut zurechtkommen.

Britta und Mike haben zwei Kinder, Finn ist 4 Jahre alt und die kleine Marie ein halbes Jahr.

Die Vier bewohnen die Wohnung im Erdgeschoss neben Leni und Hauke.

Im ersten Stock wohnt der Sepp, Sepp ist fast 60, nicht verheiratet und lebt alleine. Sepp kümmert sich um den Garten, er liebt Blumen, vor allem Rosen. Gemüse pflanzen macht er noch so nebenbei, das teilt er dann mit allen Hausbewohnern.

Er mäht den Rasen mit einem Bulldog, der Garten ist nämlich sehr groß. Sepp ist bei der Polizei, aber nicht in Uniform oder mit Blaulicht, nein, er ist der Chef, ein richtiger Kommissar, da ist man ganz normal angezogen. Er hat lange in München gearbeitet und viele Kriminalfälle gelöst, drum braucht er zum Entspannen den Garten, sagt der Sepp. Er fährt ein kleines Auto, einen Jeep ohne Sirene und Blaulicht, welcher Jimmy heißt, Leni findet das immer besonders lustig, dass es ein Auto mit Namen gibt.

Neben dem Sepp im ersten Stock wohnt Herr Detterbeck. Herr Detterbeck ist schon sehr alt, über 80 Jahre und er ist kein bisschen krank, er vergisst nur sehr viel. Er war General und hat wohl auch vergessen, dass er nun schon lange in Pension ist. Er schreit jeden an "Stillgestanden!! Grüßen!! Rührt euch!! Feuer frei!!" und noch viele andere laute Sachen. Leni hat Angst vor ihm und läuft immer lieber schnell nach Hause, wenn Herr Detterbeck den Flur betritt.

Manchmal vergisst er sogar sich anzuziehen und schreit in Unterhosen "Weggetreten!!" im Hausflur und alle kommen gelaufen um ihn wieder in seine Wohnung zu bringen. Er mag keine anderen Menschen, er will auch niemandem helfen und sich auch nicht helfen lassen. Seine Frau ist bereits vor vielen Jahren gestorben.

Die Krankenschwester die zu ihm zu Besuch kommt und ihm seine Medikamente bringt muss sich oft lauter böse Sachen von ihm anhören, wenn sie ihn dann auch noch waschen will kann das ganze Haus ihn schimpfen hören. Hauke schüttelt dann immer ganz energisch den Kopf und schnalzt ungläubig mit der Zunge! „Waschen ist doch wichtig....."

In der größten Wohnung im „Ich + Du Haus" unter dem Dach wohnen die Bachmeiers, die sind eigentlich schon ein eigenes Mehrgenerationen Haus für sich. Oma Bachmeier ist 80 Jahre alt und fast blind, aber sie hört wie ein Luchs und wenn es sein muss auch das Gras wachsen, sagt der Sepp immer. Mama Bachmeier, die Gerdi, ist Mitte 40 und alleinerziehend. Ihr Mann hat sich eine Geliebte zugelegt, da hat sie ihn rausgeworfen. Aber über dieses Thema darf man nicht sprechen, denn dann weint sie gleich und schimpft auf alle Männer, das kann dann lange dauern bis sie damit fertig ist. Sie hat zwei Söhne den Hans und den Peter, Zwillinge, das ist einfach findet Leni, man schreit einfach Hans-Peter und beide kommen...

Die Jungs sind 14 Jahre alt, streiten entweder dauernd oder toben mit dem Fußball im Garten herum, dabei haben sie sogar schon mal das Fenster von Herrn Detterbeck eingeschossen, der ist deswegen gar nicht mehr fertig geworden mit Schreien "Feuer frei, Feuer frei!"

Da musste erst der Sepp hingehen und wieder für Ruhe sorgen. Die Tochter von Frau Bachmeier heißt Gabi, ist 17 Jahre alt und hat schon ein Kind. Das Baby heißt Lukas, ist ein halbes Jahr alt und wird von allen nur Luggi genannt.

Der Papa vom Luggi ist aus dem Nachbardorf und, wie Leni es nennt, kein Netter! Der ist immer mit dem Motorrad gekommen, hat ganz rasant gebremst vor dem Haus und ist auch immer genauso rasant nachts wieder weggefahren, so dass alle Hausbewohner wach wurden und nicht gut auf ihn zu sprechen waren. Als dann die Gabi in anderen Umständen war ist er kaum noch gekommen.

Leni hat ihn beim Einkaufen mal mit einer sehr, sehr blonden Frau hinten auf seinem Motorrad gesehen, aber gefahren ist er noch genauso schnell.

Also ist die Gabi mit dem Luggi bei der Mama geblieben, was deren Meinung über Männer nur noch bekräftigt hat und sie jetzt noch mehr Zeit braucht, bis sie fertig ist mit Schimpfen.

Das "Ich + Du" ist ein besonderer Ort zum Leben, mit besonderen Menschen, und einer der schönsten Plätze, den sich Leni vorstellen kann.

2.

Leni interessiert sich sehr für die Arbeit vom Sepp, sie würde so gern auch zur Polizei gehen und spannende Kriminalfälle lösen.

Manchmal wenn Sepp mit Leni im Garten sitzt, erzählt er ihr alte Geschichten aus seinen Dienstjahren in München, worauf sie dann vor lauter Aufregung gar nicht mehr schlafen kann. Sie würde so gern mit dem

Sepp mal im Blaulicht Auto fahren, aber wie gesagt, er hat ja nur seinen Jimmy und der hat keine Sirene.
Doch einmal als der Sepp ganz dringend weg musste, hat er auf sein Dach ein Blaulicht gesteckt und ist wie der Teufel davon geschossen, das war aufregend für alle im Haus, sogar Hans und Peter haben vor Schreck aufgehört zu streiten und der Herr Detterbeck hat geschrien: "Alle Mann in Deckung!!"

Normalerwelse hat der Sepp fürs Fahren mit Blaulicht den Martl, der heißt eigentlich ja Martin, aber keiner nennt ihn so.
Martl ist Polizist und trägt Uniform, er ist verheiratet und wohnt mit seiner Frau Hanni ein paar Straßen weiter auf einem Bauernhof. Er ist ein sogenannter Nebenerwerbslandwirt und hat ein paar Kühe, Leni geht oft mit ihrer Milchkanne zum Martl und holt für alle im „Ich + Du" frische Milch. Über den Sommer hat der Martl ein paar Schweine die er im Herbst schlachtet, worüber Leni immer sehr traurig ist. Wenn sich dann aber alle im Garten zum Grillen treffen ist es schon nicht mehr so schlimm. Auf dem Hof gibt es auch ganz viele bunte Hühner, welche Eier legen über die sich alle Bewohner des Mehrgenerationshauses freuen.
Hauke will nicht mit Leni zum Bauernhof, er fürchtet sich vor den Tieren, außerdem gibt es da einen Misthaufen und viele Fliegen. Hauke sagt, es stinkt und die Kühe und Schweine sind schmutzig. Als er sich von Leni doch einmal überreden ließ sie zu begleiten, musste er sich danach eine Stunde lang die Hände waschen.

Zum Sepp gehört neben dem Polizisten Martl auch noch der Fritz.
Der Fritz ist in der Polizisten-Ausbildung, darf aber auch schon Uniform tragen und Polizeiauto fahren. Fritz ist ganz schüchtern und hat viele Pickel im Gesicht. Fritz ist verliebt in die Kathi, die Tochter vom Bäcker, das hat die Leni mal heimlich gehört als der Fritz mit der Kathi telefoniert hat wie er vor dem Haus auf den Sepp gewartet hat im Polizeiauto.
Leni beneidet ihn sehr! Nicht um die Kathi, aber, dass er Polizisten-Azubi sein darf, sie würde das auch so gerne sein, dann könnte sie ermitteln und Polizeiauto fahren, so muss sie immer warten, bis der Sepp Zeit hat ihr von seinen alten Kriminalfällen zu berichten.

Diese alten Geschichten haben dann schon zu so mancher Verwirrung geführt....

Vor ein paar Monaten hat der Sepp der Leni erzählt, dass einmal in München ein junges Mädchen vermisst wurde und man nur dessen Fahrrad im Gebüsch gefunden hat.
Erst viel später konnte man das Mädchen finden, es war ermordet worden.
Die Geschichte hat Leni noch lange beschäftigt. Als Hans und Peter beim Spielen ihre Fahrräder achtlos am Straßenrand ins Gebüsch geworfen haben, ist Leni ganz aufgeregt zu Sepp gelaufen mit der der Befürchtung, dass auch die Hans-Peters tot sind.
Sepp musste seine Kollegen holen und losziehen um mit ihnen nach den Buben suchen, erst als sie beide wohlbehalten beim Bauen eines Staudammes am Bach aufgefunden wurden, war wieder Friede im Haus „Ich + Du".

Ein anderes Mal erzählte Sepp von einem Duo das immer wieder Banken überfiel und sich danach in Scheunen und Hütten am Stadtrand von München versteckt hielt. Erst ein Polizei-Suchhund konnte damals die Täter aufspüren.
Leni lieh sich daraufhin den Dackel von Martl aus und durchsuchte alle umliegenden Heustadel nach eventuellen Verbrecherbanden oder vergessenem Diebesgut.

Lenis Phantasie ist sehr ausgeprägt. Sie brachte den Sepp und auch den Martl schon in die ein oder andere prekäre Situation, wenn sie eigenmächtig zu ermitteln begann oder einen Kriminalfall witterte.
So schickte sie den Martl, als dieser den Sepp mit dem Polizeiauto abholen wollte, zum Bäcker weil dort jemand ermordet werden würde, sie habe das, als sie die Semmeln geholt hat ganz deutlich gehört. Es schrie jemand im ersten Stock laut um Hilfe...
Sie war extra schnell nach Hause gelaufen um schlimmeres zu verhindern.
Als dann der Martl mit Blaulicht beim Bäcker ankam und in die Bäckerei stürmte, stellte sich heraus, dass nur die Kathi in ihrem Zimmer mit

Kopfhörern für einen Gesangswettbewerb geprobt hatte, wahrscheinlich konnte sie ihren eigenen Gesang nicht aushalten und hatte deshalb Kopfhörer auf, so dass sie von der ganzen Aufregung garnichts mitbekommen hat.

Leni hat Sepp sogar einmal gebeten, die Krankenschwester von Herrn Detterbeck zu durchsuchen, da diese in letzter Zeit immer mit prall gefüllten Taschen aus dessen Wohnung kam. Leni war überzeugt, sie würde den General langsam aber sicher ausrauben, weil dieser ja eh alles vergisst. Sepp stellte, nachdem Leni keine Ruhe gab, die Schwester zur Rede, welche ihm darauf erklärte, dass sie netterweise die Schmutzwäsche von Herrn Detterbeck bei sich zuhause wasche, da dessen Waschmaschine defekt war.
Da hat sich der Sepp aber geschämt.

So ist es nicht verwunderlich, dass es ein wenig gedauert hat, bis Leni irgendjemand die folgende Geschichte geglaubt hat.....

3.

Leni war wieder einmal auf dem Weg zum Martl zum Milch holen. Sie ging immer gerne über die Wiese am Waldrand, da musste sie nicht durch das ganze Dorf laufen, außerdem streichelte sie manchmal Martl's Kühe die dort auf der Weide stehen. Sie war schon fast wieder auf dem befestigten Weg als sie am Waldrand ein abgestelltes Auto mit offener Tür entdeckte. Ihre Neugier zwang sie fast dazu, einen Blick ins Auto zu werfen. Keiner saß drin, nur eine Tasche, eine große Ledertasche stand auf dem Beifahrersitz. Leni sah sich um, kein Mensch zu sehen, da könnte sie doch...
Sie schaute in die Tasche, die nicht verschlossen war. Es befanden sich jede Menge Geldscheine darin, große grüne Scheine und gelbe Scheine, auch ein paar rote waren zu erkennen. Leni dachte sich, das ist aber leichtsinnig, sooo viel Geld unbeaufsichtigt im Wagen zu lassen. Ihre Mama

hatte sie gelehrt, immer ganz gut auf Geld aufzupassen.

Als Leni niemanden sah machte sie sich weiter auf den Weg zu Martl. Der war ja schließlich Polizist, der wüsste bestimmt was zu tun sei.

Martl war leider nicht zuhause, Hanni hatte auch keine Zeit, sie gab ihr nur schnell die Milch und ging dann zum Füttern der Kälbchen. Leni überlegte kurz was sie jetzt tun sollte und machte sie sich auf den Heimweg. Obwohl die Milchkanne schwer war ging sie wieder den Umweg über die Wiese am Wald. Das Auto stand immer noch da, auch die Tasche befand sich noch auf dem Beifahrer-Sitz. Es wurde schon leicht dämmrig und Leni dachte sich, dass man das Geld doch nicht über nach im Dunkeln alleine in dem Auto lassen konnte.

Sie überlegte und entschied sich kurzerhand, die Tasche mitzunehmen und sie bei sich zuhause aufzubewahren. Sie könne sie ja morgen wieder zurück- bringen, vielleicht noch vor der Arbeit….

Nicht dass irgendjemand auf die Idee käme über Nacht das viele Geld zu stehlen.

Aber wenn der Besitzer doch noch käme??? Er würde sicher wissen wollen wo sein Geld ist!! Leni entschloss sich eine Nachricht zu hinterlassen, sie sah sich im Auto um und fand im offenen Handschuh-Fach unter einem Lederetui Papier und Stift. Sie notierte in ihrer kindlich krakeligen Schrift für den Besitzer kurzerhand: „Ich Leni, habe Geld!!" Sie legte den Zettel an die Stelle auf der vor kurzem noch die Tasche mit den vielen Geldscheinen stand und schlich mit der schweren Tasche davon.

Vor lauter Aufregung und Anstrengung vergaß sie die Milchkanne neben dem Auto.

Zuhause angekommen traf sie im Flur Gabi Bachmeier mit dem kleinen Luggi, diese sagte noch: "Leni heute hast aber schwer zu schleppen!!" war aber zu beschäftigt mit dem krähenden Baby auf ihrem Arm um genauer hinzusehen. Leni war auch ganz froh darüber, denn hier zuhause war sie sich plötzlich nicht mehr so sicher, ob es richtig war, dass sie die Tasche mitgenommen hatte.

In ihrer Wohnung versteckte sie die Tasche ganz schnell unter ihrem Bett, bevor noch Hauke irgendwelche Fragen stellte. Unter ihr Bett würde er sicher nicht sehen, denn dort war es laut seiner Meinung viel zu schmutzig und davor ekelte er sich.

Leni nahm sich vor, morgen gleich ganz, ganz früh die Tasche zurückzubringen bevor irgendjemand etwas davon mitbekommen würde. Schon gar nicht der Sepp, der würde bestimmt schimpfen.

4.

Am nächsten Morgen hatte Leni verschlafen. Sie hatte sich die ganze Nacht hin und her gedreht in ihrem Bett und immer wieder nachgesehen, ob die Tasche noch an ihrem Platz stand.

Sie war sich mittlerweile ganz sicher, dass es ein großer Fehler gewesen war, die Tasche mitzunehmen. Bestimmt würde sie Mords-Ärger bekommen wenn es jemand bemerkte.

Beim Frühstück war ihr aufgefallen, dass sie zu allem Übel auch noch die Milchkanne dort am Waldrand vergessen hatte und bis heute Abend die Milch bestimmt sauer werden würde. Hoffentlich bloß die Milch und nicht der Eigentümer des Geldes, konnte sie immer nur denken.

Das schlechte Gewissen kroch ihr aus allen Poren. Ausgerechnet an diesem Morgen kam Astrid vom ambulant betreuten Wohnen vorbei, um nach ihr und Hauke zu sehen. Sie stellte viele Fragen, wollte das Haushaltsbuch kontrollieren und zahlte beiden ihr Taschengeld aus. Es wurde später und später und Hauke trippelte schon unruhig von einem Bein auf das andere, er musste doch pünktlich an der Bushaltestelle stehen, ganz pünktlich, sonst war sein Tag durcheinander und er konnte nicht mehr gut arbeiten in der Werkstatt, weil er den ganzen Tag daran denken musste, dass er heute nicht pünktlich war.

Astrid wollte nur noch schnell Lenis Zimmer sehen, ob auch hier alles ordentlich und sauber sei... Leni fiel vor Schreck fast das Herz in die Hose. Gott sei Dank war Hauke mittlerweile so nervös, dass Astrid nachgab und sagte: "Gut, dann lauft schon los zum Bus, ich schaue übermorgen wieder bei euch vorbei."

Inzwischen war Leni klar geworden, dass sie, ohne hervorragende Ausrede, welche ihr aber einfach nicht einfallen wollte, keine Gelegenheit mehr haben würde, die Tasche noch vor der Arbeit zum Auto am Wald zurück zu bringen. Sie versuchte sich damit zu trösten, dass sie ja einen Zettel dagelassen hatte damit sich der Besitzer keine Sorgen machen musste. Der Bus zur Behinderten-Werkstatt holte sie und Hauke gleich neben der Bäckerei ab. Auf dem Weg zur Bushaltestelle versuchte Leni immer wieder, möglichst unauffällig zum Waldrand zu spähen, ob denn das rote Auto dort noch stand. Hauke wunderte sich schon, denn Martl´s Kühe stehen so früh noch nie auf der Wiese und er konnte sich nicht vorstellen, wonach sie sonst Ausschau halten könnte.

Leni konnte leider nichts erkennen und ihr schlechtes Gewissen machte sich erneut deutlich bemerkbar - sie bekam Schluckauf!

Wie immer wenn sie etwas ausgefressen hatte... Ihre Mutter wusste immer sofort, wenn Leni schwindelte, denn dann bekam sie rote Backen und einen lauten, unaufhörlichen Schluckauf.

Leni hickste die ganze Fahrt zur Werkstatt so vor sich hin, zur Freude und Erheiterung aller Mitfahrenden, nur Leni fand gerade gar nichts lustig.

Der Tag wollte und wollte nicht vergehen, selbst das Mittagessen, es gab Rohrnudeln mit Zwetschgen-Kompott, eigentlich Lenis Leibspeise, wollte ihr nicht schmecken.

Unlustig stocherte sie im Essen herum. Gott sei Dank war heute Freitag, da war schon um 14.00 Uhr Feierabend. Bis Leni zuhause sein würde, wäre es bestimmt halb drei. Sie hatte dann die Möglichkeit, schnell am Nachmittag nach dem roten Auto zu sehen und so unauffällig wie möglich die Milchkanne wieder ins Haus zu schmuggeln, denn noch war niemand aufgefallen, dass es keine frische Milch gab. Hoffentlich war die Milch noch genießbar, denn sonst müsste sie auch noch zum Martl laufen und neue holen, der würde sich vielleicht wundern....

Das kam so gut wie nie vor, dass zwei Liter Milch nicht reichten für zwei Tage...

5.

Endlich zuhause angekommen, stürmte Leni an den, wie immer streitenden

Brüdern Hans und Peter und dem staunenden Hauke vorbei in die Wohnung um sich umzuziehen.

Schnell warf sie noch einen Blick unter das Bett und war beruhigt, die Tasche war noch da. Dann machte sie sich an dem, jetzt erst recht verdutzen Hauke vorbei eilig wieder auf den Weg aus der Wohnung. Sie wollte schnell zum Waldrand um endlich nach dem roten Auto zu sehen. Sie schlich sich durch den Garten und schaute sich dabei immer wieder um, ob ihr nicht die beiden Buben hinterher kamen. Die waren jedoch so beschäftigt mit dem Streit, wer denn jetzt den Fußball zuerst ins Tor schießen darf, dass sie sich für Leni kein bisschen interessierten.

Leni lief weiter und erschrak, hinten im Garten lag Herr Detterbeck auf einer alten Liege und schlief. Sie versuchte so leise wie möglich an ihm vorbei zu schleichen, doch sogar im Schlaf brummelte der General A.D. noch "Stillgestanden junger Mann, Stillgestanden!!!" Leni erstarrte vor Schreck, doch schnell bemerkte sie, dass Herr Detterbeck sofort wieder eingeschlafen war. Gott sei Dank, er würde sie gleich wieder vergessen haben.

Vorbei an Martl`s Kühen, denen sie heute keinerlei Aufmerksamkeit schenkte, rannte Leni zu der Stelle am Waldrand, an der gestern Abend das rote Auto gestanden hatte, welch ein Schreck!!! Das Auto war nicht mehr da!!! Leni bekam es mit der Angst zu tun, sie sah sich um, ob sie sich vielleicht in der Stelle geirrt hatte, sie ging noch um die nächste Kurve und sah hinter die dicken Bäume, aber, vom Auto keine Spur.

Jetzt war guter Rat teuer, Leni war völlig verzweifelt, was hatte sie nur angestellt. Sie setzte sich in die Wiese und überlegte was sie nun tun sollte. Ob sie mit Sepp sprechen sollte? Oder doch besser zu Martl laufen? Während sie so da saß fiel ihr unter dem Brennnesselstrauch etwas auf, das da am Boden lag. Das Lederetui!! Das hatte sie doch gestern schon im Handschuh-Fach des Autos gesehen. Neugierig griff sie nach dem Etui und berührte dabei aus Versehen die Brennnessel, Autsch, tat das weh. Sie warf vor Schreck das Etui von sich und rieb sich die schmerzende Hand. Als sie sich erneut nach dem Etui bücken wollte sah sie, dass es aufgesprungen war, darin lag - eine Pistole. Leni starrte fassungslos auf ihren Fund.

Sie hatte schon einmal eine Pistole gesehen. Martl trug eine Pistole an seinem Gürtel, er war ja schließlich Polizist. Der Fritz sei dafür noch zu grün, hatte Martl ihr einmal erklärt als sie fragte, warum dieser keine Pistole habe. Jetzt war guter Rat teuer. Dem Besitzer des Geldes war bestimmt versehentlich die Waffe aus dem Auto gefallen und er würde diese sicher wiederhaben wollen, wie auch sein Geld.

Leni überlegte kurz und entschloss sich dann, die Waffe mitzunehmen. Sie könnte sie ja zusammen mit der Tasche dem Besitzer zurückgeben, wenn sie ihn gefunden hätte. Ach, wenn sie doch nur wüsste wie sie das anstellen sollte.

Leni steckte das Etui vorsichtig in ihre Jackentasche und war erstaunt, wie schwer die Pistole wog. Sie wollte sich gerade auf den Heimweg machen als ihr einfiel, dass sie die Milchkanne nicht gesehen hatte. Sie suchte und suchte, doch die Milchkanne blieb verschwunden. Das würde bestimmt Ärger geben im „Ich + Du –Haus", wie sollte sie das Verschwinden der Milchkanne den anderen erklären?

6.

Auf dem Heimweg überlegte Leni was sie tun sollte mit der Pistole, sie machte ihr furchtbare Angst und wenn sie daran dachte, dass sie womöglich die ganze Nacht mit einer Pistole unter ihrem Bett schlafen musste, würde sie bestimmt Alpträume bekommen.

Sie musste ein neues Versteck finden, einen Platz, wo sie Tasche und Pistole lassen konnte bis sie den Besitzer gefunden hatte. Vielleicht im Keller vom „Ich + Du – Haus"??

Dort befanden sich verschiedene Abteile, der Wäschekeller, der Fahrradkeller und der Gemeinschafts-Veranstaltungsraum. Aber es war oft jemand im Keller, besonders die Buben nutzten ihn für ihre Spiele bei schlechtem Wetter um Frau Bachmeiers Nerven zu schonen und den kleinen Luggi nicht zu wecken bei seinem Mittagsschlaf.

Leni stellte sich vor, was passieren könnte wenn Hans und Peter die Pistole finden und sich einen Spaß daraus machen würden, sich gegenseitig zu

erschießen...
Der Keller kam also als Versteck nicht in Frage, aber wohin dann mit der schweren Tasche und der Pistole. Leni zerbrach sich den Kopf.

Als sie zuhause ankam sah sie Herrn Detterbeck immer noch im Garten auf der Liege dösen und es kam ihr eine Idee....
Im „Ich + Du Haus" gab es keine verschlossenen Wohnungstüren, das war ein Prinzip aller Bewohner. Offenheit und Toleranz nannten sie das und jeder sollte immer eine offene Tür und ein offenes Ohr vorfinden. Nur wer wirklich ungestört sein wollte zog den Schlüssel von der Wohnungstüre ab, dann wusste die anderen Bescheid. Leni war das Motto gerade in diesem Moment sehr willkommen, denn sie hatte eine großartige Idee....

Sepp war in der Arbeit. Britta und Mike waren mit den Kindern zum Wochenend-Großeinkauf gefahren. Frau Bachmeier machte, wie jeden Freitag Großputz, da traute sich sowie keiner in ihre Nähe wenn sie Putzlappen und Staubtuch schwingend ihre Wohnung auf Hochglanz brachte.
Gabi zog es dann vor mit Luggi im Kinderwagen spazieren zu gehen, also war auch sie sicherlich nicht im Haus. Oma Bachmeier hielt Mittagsschlaf und Hans und Peter flüchteten nach draußen um nicht helfen zu müssen.

Und: Herr Detterbeck schlief immer noch im Garten....

Wenn sie die Tasche mit dem Geld und der Pistole bei Herrn Detterbeck in der Wohnung verstecken würde müsste sie nicht auf einer Pistole schlafen. Herr Detterbeck würde, sollte er sie beim Verstecken der Tasche erwischen, ganz sicher den Vorfall sofort wieder vergessen, außerdem war er der einzige der sich auf keinen Fall vor einer Pistole fürchten oder Dummheiten damit anstellen würde, er war ja schließlich General!

Leni war noch nie vorher in der Wohnung von Herrn Detterbeck gewesen, da sie sich so sehr vor ihm fürchtete.
Sie hatte keine Ahnung was sie dort erwarten würde. Hoffentlich kam nicht ausnahmsweise heute die Krankenschwester schon früher vorbei.

Leni´s Knie schlotterten als sie unter ihr Bett kroch um die Tasche zu holen. Hauke stand laut singend unter der Dusche und wenn Hauke duschte, duschte er. Lange und ausgiebig, auch wenn Britta immer schimpfte, dass er zu viel Wasser verbrauchte. Hauke sagte immer: "Waschen ist wichtig, sehr wichtig!!" Die Chancen standen also gut für Leni, dass sie mit der schweren Tasche unbemerkt aus der Wohnung huschen konnte.

Leni stopfte das Etui mit der Pistole vorsichtig an die Seite der großen Tasche und schlich aus der Wohnung. Sie schaute sich um, es war niemand zu sehen. Sie schleppte die schwere Tasche in den ersten Stock und öffnete leise Detterbecks Wohnungstür. Fast wäre sie wieder rückwärts hinausgelaufen. Im Flur hingen scheußliche tote, ausgestopfte Tiere an der Wand, Vögel, Eichhörnchen und sogar ein Fuchs. Leni schien es, als würden sie alle mit Blicken verfolgen und genau sehen, dass sie etwas Unrechtes tat. Sie nahm all ihren Mut zusammen und schloss hinter sich die Wohnungstüre. Wo wäre hier ein gutes Versteck zu finden?
Sie sah sich um.
Die Wohnung war genau so groß und so geschnitten wie die Wohnung von Leni und Hauke, nur die Möbel, die Möbel waren so groß, schwer und dunkel, dass die Wohnung viel kleiner wirkte. Leni fühlte sich sehr unbehaglich. Sie ließ die Tasche im Flur stehen und machte sich auf die Suche nach einem geeigneten Versteck. Im Schlafzimmer stand ein großes Doppelbett, aber nur eine Seite war benutzt. Der Schrank war riesig und hatte bestimmt 8 Türen. Es roch muffig und nach alten Füssen. Leni war sich nicht sicher, ob das der geeignete Ort für die Tasche war. Sie ging in das Zimmer nebenan. In der Wohnung darunter wohnte in diesem Zimmer Hauke. Hier sah aber nichts so hell und sauber aus wie in Haukes Zimmer, es gab hier ebenfalls große und dunkle Möbel. Es war wohl eine Art Büro denn ein schwerer Schreibtisch stand mitten im Raum, darauf ausgebreitet befanden sich die unterschiedlichsten Karten aller möglichen Länder. An den Wänden hingen Urkunden, Orden und zwei Säbel. In einem Glaskasten befand sich eine anscheinend ganz alte, bunt verzierte Pistole. Am Boden lagen verstreut weitere Karten, ein Kompass und ein Fernglas, wobei Leni nicht wusste wofür Herr Detterbeck hier im Zimmer ein Fernglas benötigte. Es sah aber so aus als würde er in sich in diesem Raum sehr viel aufhalten,

also kam er als Versteck nicht in Frage.
Leni öffnete die Tür zu nächsten Raum, das Wohnzimmer.
Ein überdimensionales Sofa und ein Tisch mit einer Platte aus teilweise
zerbrochenen Fliesen, sowie ein großer Glasschrank in dem allerhand
Geschirr und Gläser standen dominierten den Raum. Benutztes Geschirr
und wiederum viele Landkarten bedeckten den Tisch. An der Wand hingen
alte schwarz-weiß Fotos, davon viele Bilder von Soldaten, aber auch ein
Hochzeitsfoto was wohl Herrn Detterbeck und seine Frau zeigte, daneben
hingen einige Bilder von einem jungen Mädchen an denen aber ein
schwarzer Rand befestigt war. In der Ecke am Fenster stand ein großer, fast
verdorrter Gummibaum, in einem seiner Blätter hatte sich ein Socken von
Herrn Detterbeck verfangen, der zweite Socken lag auf der Fensterbank.
Schnell nutzte Leni die Gelegenheit aus dem Fenster zu spähen und zu
sehen, ob Herr Detterbeck noch auf seiner Liege lag. Gott sei Dank, er
schlief noch tief und fest.

Hier im Wohnzimmer gab es kein geeignetes Versteck für die Tasche, auch
in der Küche, die erstaunlich penibel aufgeräumt war, sowie auch in Bad
oder Toilette war kein passendes Versteck zu finden.
Da fiel Leni die Speisekammer ein, die in ihrer eigenen Wohnung direkt von
der Küche abging, vielleicht hatte Herr Detterbeck auch eine Speisekammer.
Und tatsächlich, neben dem Kühlschrank befand sich die gleiche Türe wie in
Lenis Wohnung, nur dass Herr Detterbeck dort keine Speisekammer hatte,
welche er vielleicht, weil er alleine lebte, auch nicht benötigte. Stattdessen
befand sich dort eine Art Rumpel-Kammer. Ein hoher Schrank, eine lange
Kleiderstange an der jede Menge Uniformen hingen und zahlreiche Koffer
und Reisetaschen mit Aufklebern aus den unterschiedlichsten Ländern und
Städten. Das war das perfekte Versteck!!! Unter all den vielen Taschen und
Koffern würde Leni´s Tasche bestimmt nicht auffallen. Schnell holte sie
diese vom Flur und verstaute sie unter einem roten Koffer und einer
kunterbunten Reisetasche. Puh, dachte sie, das wäre geschafft. Jetzt konnte
sie in Ruhe überlegen, wie sie am besten den Besitzer ausfindig machen
könnte um sie ihm zurückzugeben.
Gerade als sie sich aus der Wohnung schleichen wollte hörte sie Herrn
Detterbeck die Treppe herauf poltern. Er schimpfte wie immer laut vor sich

hin und rief seine üblichen militärischen Befehle durch das Treppenhaus. Leni machte auf dem Absatz kehrt und lief stattdessen nach oben, ein Stockwerk höher Richtung Familie Bachmeier. Dort fiel sie der putzwütigen Frau Bachmeier in die Hände die sie lauthals schimpfte, weil sie durch ihr frisch gewischtes Treppenhaus gelaufen war. Leni, die sowieso schon einen hochroten Kopf hatte bekam den obligatorischen Schluckauf, drehte sich um und rannte zwei Treppen auf einmal nehmend hinunter in ihre Wohnung. Gott sei Dank war der General nicht mehr zu sehen.

Hauke stand immer noch unter der Dusche und Leni ließ sich in ihrem Zimmer aufs Bett fallen um sich von den unterschiedlichsten Schrecken der letzten Stunden zu erholen.

7.

Leni lag in ihrem rosa Prinzessinnen-Bett, das ihrem Alter in keiner Weise entsprach, das sie sich aber so sehr gewünscht hatte als sie neu ins „Ich + Du Haus" gezogen waren.
Sie hatte es in einem Katalog entdeckt und fand es wunderschön. Nach einigen Diskussionen hatte sich ihre Mama erweichen lassen und auch gleich den passenden Schrank, das Nachtkästchen und rosafarbene Gardinen für Leni gekauft.
Leni hatte im Laufe der Zeit mit allerlei "Pling-Pling" Dekoration wie sie es nannte, das Zimmer in einen Mädchentraum verwandelt. Es gab bunte Barbie-Pferde, Glitzer-Kamm und Glitzer-Bürste neben einem, mit Glas Nuggets verziertem Spiegel, sogar eine Orchidee in rosa zierte das Fensterbrett. Überall standen kleine Döschen und Behältnisse in denen Leni ihre persönlichen Schätze verwahrte. Zum Beispiel das Schneckenhaus, das sie am Meer gefunden hatte als sie mit der Werkstätte nach Italien fahren durfte, oder ein Heiligenbild von der heiligen Magdalena, das sie, als sie noch klein war von ihrer Taufpatin geschenkt bekommen hatte. Selbst eine komplette Sammlung D-Mark Münzen bewahrte sie in einer der Schachteln auf.

Es gab ein Schmuckdöschen in dem sie Armkettchen, Ringe und Ohrringe verwahrte. Sie traute sich selten den Schmuck zu tragen, weil sie immer Angst hatte ihn zu verlieren.

Denn vor vielen Jahren hatte sie einmal eine Brosche, die sie sich von der Mama geliehen hatte verlegt und nicht mehr gefunden. Die Mama hatte damals ganz bitterlich geweint und Leni ein furchtbar schlechtes Gewissen - und Schluckauf... Seit dieser Zeit mochte sie Schmuck lieber ansehen als Tragen. Wenn sie Zeit hatte zelebriert sie das Anschauen förmlich. Jedes einzelne Schmuckstück wurde in die Hand genommen, liebevoll gestreichelt und - ganz wichtig - daran gerochen, denn laut Leni riecht jedes Schmuckstück nach seinem Besitzer. So kann sie sich an viele Menschen erinnern, von denen sie einmal Schmuck geschenkt bekommen hat.

In einem Weidenkörbchen bewahrt sie Pferdehaare auf, genauer gesagt die Schweifhaare vom Gustl. Gustl ist das Pferd vom Bauer Huber und der war eigentlich mal zum Holzrücken gedacht, aber jetzt war er schon zu alt dafür, wie der Bauer Huber auch.

Die Biggi vom betreuten Wohnen hatten den Huberbauern gefragt, ob Leni den Gustl mal besuchen darf, weil sie Pferde doch so gerne mag. Biggi kann reiten und hat angeboten Leni zu begleiten und auf sie aufzupassen. Der Huberbauer hat nur genickt und gesagt: "Wennst moanst", damit war das Thema ausgeredet. Seit dem geht Leni mit Biggi einmal in der Woche zum Gustl, bürstet ihn, streichelt ihn und manchmal darf sie sich drauf setzen und Biggi führt sie auf der Wiese spazieren. Die Schweifhaare von Gustl sehen aus wie Goldfäden, drum verwahrt Leni sie wie einen Schatz.

Leni ist stolz auf ihr Zimmer, stolz dass sie es so gut alleine sauber halten kann, auch wenn Hauke mit seinem Ordnungsfimmel da ganz anderer Meinung ist und Leni ist stolz, dass sie ein Versteck für die Tasche gefunden hat.

Ach du großer Gott die Tasche, fällt es Leni wieder ein, doch in diesem Moment kommt Britta mit den Einkäufen aus der Stadt zurück und Leni hat keine Zeit mehr darüber nachzudenken.

Wenn Britta einkaufen fährt bringt sie immer für Hauke und Leni das Wichtigste mit, so dass die beiden nur noch Kleinigkeiten beim Bäcker oder Metzger vor Ort kaufen müssen. Die zwei sind froh, denn so haben sie immer genügend Vorräte im Haus.

Manchmal dürfen sie auch mitfahren in die Stadt, aber jetzt ist es schon sehr eng im Auto mit den zwei Kindersitzen auf der Rückbank, das klappt dann nur wenn Mike mitten im Zeichnen ist und keine Zeit oder Lust hat mit in die Stadt zu kommen. Hoffentlich macht Mike seinen Plan bald wahr sich einen VW-Bus zu kaufen, dann haben wieder alle Platz.

Hauke war inzwischen anscheinend sauber genug und erschien frisch geduscht im Flur um beim Einräumen der Einkäufe zu helfen. Als er die Türe öffnete sah der Flur sofort aus wie eine finnische Sauna, so viel Dampf kam aus dem Bad. Klein Marie, die Britta am Boden abgesetzt hat verschwand in den Nebelschwaden. Finn malte lustige Figuren in den beschlagenen Anziehspiegel im Gang und schnitt sich dabei selber Grimassen. Britta schimpfte ein klein bisschen mit Hauke, obwohl sie wusste, dass es wieder nichts nutzen wird.

Gemeinsam räumten sie die Lebensmittel in die Schränke, anschließend brachte Britta ihre eigenen Einkäufe nach Hause.

Leni schaute auf die Uhr, es war schon fast fünf Uhr abends und Zeit zum Abendessen. Sie hätte am Nachmittag zum Bäcker laufen sollen um frisches Brot zu holen, das hatte sie vor lauter Aufregung wegen der Tasche ganz vergessen. Gott sei Dank war es nicht weit zum Bäcker und wenn sie sich beeilte konnte sie wieder zuhause sein bis Hauke mit dem Tisch decken fertig sein würde. Sie schnappte sich ihre Geldbörse und rannte los. Beim Bäcker waren keine Kunden mehr im Geschäft. Kathi half ausnahmsweise ihrer Mutter im Laden. Sie versprach sich bestimmt einen Taschengeld-Zuschuss, den sie morgen auf dem Dorffest gut gebrauchen konnte.

Als sie Leni sah verschwand sie kurz im hinteren Raum und kam mit Leni´s Milchkanne zurück. Die Milchkanne, da war sie wieder, zwar leer, aber da… „Gott sei Dank" dache Leni.

Kathi gab ihr die Kanne zurück und erzählte, dass ein fremder Mann, sehr groß, sehr dünn und sehr finster dreinblickend die Kanne hier abgegeben habe und sich nach einer gewissen Leni erkundigt habe. Sie habe ihm dann gesagt, dass Leni noch in der Arbeit in Behinderten-Werkstätte sei und erst am Nachmittag heimkommen würde und die Adresse vom „Ich + DU - Haus" habe sie ihm auch gleich gegeben.

Leni bekam Schluckauf!!! Der Besitzer des Geldes - oh je - Kathi hatte gesagt er habe ernst, nein sogar finster drein geblickt, er war bestimmt sehr, sehr böse auf sie. Leni nahm die Kanne und stürmte aus der Bäckerei. Erst als Kathi mit der Tüte hinter ihr her lief fiel ihr ein, dass sie das Brot schon wieder vergessen hatte. Diese verflixte Tasche brachte nur Unglück!!!

Wie sollte sie jetzt den dünnen, ernsten Mann finden um ihm seine Tasche zurück zu geben?
Vielleicht war ja irgendwo das rote Auto zu sehen. Leni sah in alle Straßenecken und hinter jedes Haus, auch zum Waldrand warf sie einen verstohlenen Blick, aber vom Auto war nichts zu sehen, auch nichts von dem fremden, ernsten Mann.

Leni machte sich auf den Heimweg, damit sie und Hauke pünktlich mit dem Abendessen beginnen konnten, ansonsten würde er ganz furchtbar mit ihr schimpfen, eine Verspätung brächte seine gründliche Tagesplanung durcheinander.
Heute war ja schon Einkaufstag gewesen, was seine Zeitplanung sowieso immer sehr strapazierte, weil man nie genau wusste, wann Britta aus der Stadt zurück sein würde.
Um Punkt 18.00 Uhr mussten Dinge wie Essen, Abräumen und Spülen erledigt sein, denn dann kam seine täglich Quiz-Sendung, ohne die der Tag auf keinen Fall enden durfte.
Hauke konnte viele der Fragen beantworten und wenn er einmal etwas nicht wusste ließ es ihm das so lange keine Ruhe, bis er in einem, seiner peinlichst genau sortierten Wissensbücher oder einem der unzähligen Lexika die Antwort gefunden hatte.
Leni mochte am Abend lieber Tiersendungen oder „Dahoam is Dahoam" eine Serie im bayrischen Rundfunk, die sie täglich schaute.

Zuhause angekommen war Hauke, wie erwartet, bereits sehr unruhig. Sie war tatsächlich sieben Minuten zu spät und ein Wortschwall übergoss sie mit all den, von Hauke jetzt zu erwarteten Schwierigkeiten die die sieben Minuten Zeitverlust nach sich zögen.

Leni war zu sehr in Gedanken als dass sie sich in einen Streit mit Hauke hätte verwickeln lassen. Sie setzte sich an den Tisch und begann zu essen. Britta hatte frischen Leberkäse mitgebracht, den Leni sehr, sehr gerne aß, aber heute wollte er ihr einfach nicht schmecken. Genauso lustlos wie sie mittags in den Rohrnudeln herum gepiekt hatte stocherte sie jetzt im Leberkäse.

Hauke hörte auf zu schimpfen und beobachtete sie aufmerksam. Ihm entging keinerlei Veränderung, weder an Dingen, Menschen oder Stimmungen. "Bist du krank?" fragte er Leni, doch die schüttelte nur mit dem Kopf, räumte ihr Teller weg und ging wortlos in ihr Zimmer. Sie musste nachdenken, dringend.

Heute Abend würde sie sicher nicht mehr an die Tasche kommen, denn zu Herrn Detterbeck in die Wohnung zu schleichen war nicht möglich. Jeden Freitagabend kam die Krankenschwester um den General zu baden.

Leni war überzeugt, dass der General sicher nie bei der Marine war, so sehr wie er Wasser hasste.

Alle im Haus wissen, um 19.30 Uhr ist Zeit für Herrn Detterbecks Bad in der Wanne, es ist auch nie zu überhören. Doch immer rechtzeitig vor der Tagesschau hat das Gebrüll wieder ein Ende. Dann sitzt er, frisch gebadet, rasiert und im Pyjama vor dem Fernseher und schaut sich die Kriege der Welt in den Nachrichten an, nicht, ohne der Krankenschwester wenn sie geht noch ein paar unlautere Flüche hinterher zu brüllen.

Sobald sie die Wohnung verlassen hat führt er Krieg… Krieg in seiner Wohnung, in seinem Befehlszimmer, an seinem Schreibtisch und er ficht in seiner Erinnerung seine persönlichen Kriege zu Ende.

Wenn er sich hierfür in seinen "Befehlsstand" zurückgezogen hat, dann kann es lange dauern bis er, trotz seines hohen Alters, zu Bett geht. Es gab also für Leni keine Gelegenheit sich in die Wohnung zu schleichen und die Tasche zu holen.

Außerdem würde das dann ja bedeuten, sie müsste die ganze Nacht auf der Pistole schlafen - undenkbar, sie würde kein Auge zubekommen.

Morgen ist auch noch ein Tag tröstete sie sich und schaltete den Fernseher in ihrem Zimmer an um sich ihre Lieblingssendung anzusehen. Heute konnte sie ohnehin nichts mehr ausrichten.

8.

Am nächsten Morgen erschien ihr alles schon viel leichter.
Heute fand das alljährliche Dorffest von Sonnwang statt, vielleicht würde der
Fremde ja auch zum Fest kommen, vielleicht machte er ja Urlaub am
Chiemsee.
Alle würden dabei sein, das ganze Dorf und das ganze „Ich + Du Haus".
Es gab ein Bierzelt vor dem Wirtshaus und eine Blasmusik spielte.
Sogar der General ging immer zum Dorffest, ohne Hilfe und ganz aufrecht,
so gut es ihm möglich ist. Er trug dann eine Uniform und benutzte einen
Gehstock. Wenn er das Bierzelt betrat spielte die Musik immer einen
Marsch, darüber freute er sich.
Er aß immer ein halbes Hendl und trank eine Maß Bier, dann ging er wieder
nach Hause. Immer lief sein Besuch gleich ab. Ohne mit irgendjemand zu
sprechen oder irgendjemand zu beachten, kam er und ging er, aber
immerhin verließ er dafür das Haus, das war ja schon mal etwas.
Vielleicht ergab sich in der Zeit, in der er sein Hendl aß, für Leni die
Gelegenheit in seine Wohnung zu huschen und die Tasche zu holen und
wieder unter ihrem Bett zu verstecken. Falls der fremde Mann tatsächlich
auftauchen würde, könnte sie dann schnell nach Hause laufen und ihm die
Tasche bringen. Jetzt freute sich Leni noch mehr auf das Fest, jetzt hatte sie
schließlich einen Plan.

Hauke wollte auch auf das Fest gehen, aber er brauchte dafür eine lange
Vorbereitungszeit. Er musste sich sorgfältig waschen, dann zog er seine
Lederhose an, die er zu seinem 30. Geburtstag von seinem Papa geschenkt
bekommen hatte. Dazu trug er ein rot kariertes Hemd und Wadelstrümpfe,
so sagt man in Bayern, aber Hauke sagte immer Kniestrümpfe weil er keine
gescheiten Wadel hat.... Hauke kann fast alles alleine anziehen, nur fürs
Binden der Schnürsenkel von den Haferlschuhen brauchte er Hilfe. Leider
gab es die nicht mit Klettverschluss wie all seine anderen Schuhe. Leni hatte
ihr Dirndl angezogen, natürlich in ihrer Lieblingsfarbe rosa, mit einer blauen

gestreiften Schürze. Gabi Bachmeier kam schnell noch vorbei und machte Leni einen Zopf den sie rund um den Kopf flocht, jetzt schaute Leni aus wie eine Bauernmagd und freute sich riesig, sogar der kleine Luggi grinste. Gabi stürmte mit Baby auf dem Arm davon, sie freute sich sehr aufs Fest, denn seit der Luggi da war hatte sie nicht mehr viel Gelegenheit jung zu sein.

Britta und Mike kamen ebenfalls noch vorbei um zu sehen, ob Hauke und Leni fertig waren. Beide hatten ein kariertes Hemd und Jeans an, sie sagen immer Preiß 'n in Dirndl oder Lederhose das ist Majestätsbeleidigung. Finn mit seinen vier Jahren ist in Bayern geboren, der darf Lederhose tragen und tat das auch mit stolz geschwellter Brust. Die kleine Marie steckte in einem Trachten-Strampelanzug und sah zuckersüß aus. Leni musste ihr noch einen dicken Schmatz geben, erstens weil sie so süß ist und zweitens weil sie so gut riecht.

Im Treppenhaus rumpelte es nur so, Hans und Peter Bachmeier stürmten in Fußball-Trikots und Fußballschuhen vom zweiten Stock herunter. Der Hans im Bayern Trikot, der Peter im 60er Trikot, denn so gingen sie sicher, dass sie es sich mit niemand im Dorf verscherzten. Sie waren schon ganz aufgeregt, denn am Nachmittag gab es ein Fußball-Turnier für die Jungen gegen die Buben Nachbar-Dörfer. Im letzten Jahr hatten die Sonnwanger verloren, jetzt ging es um Wiedergutmachung.

Auch die Alten messen sich in einem sportlichen Wettbewerb und zwar im Hufeisen werfen, einer uralten bayrischen Sportart.

Der Huberbauer ist Dorfmeister im Hufeisenwerfen, vielleicht weil die Eisen vom Gustl so schwer sind, dass er besonders viele Muskeln davon bekommen hat.

Gerdi Bachmeier kam langsam mit der Oma, die fast nix sieht aber alles hört die Treppe runter und lobte Leni: "Fesch bist heid!" und machte sich auf dem Weg zum Fest.

Im Vorbeigehen sagte die Oma noch: "I hob scho ghört wie du beim General in der Wohnung warst…"

Gott sei Dank waren alle so beschäftigt, dass keiner hörte und beachtete was die Oma sagte, nur Leni, Leni bekam Schluckauf…

Leni und Hauke wollten nun endlich auch los zum Fest als der Sepp die Treppe herunterkam. Ganz zerzaust mit tiefen Ringen unter den Augen. Er hatte nicht einmal seine Lederhose an, wobei ihm die doch so gut steht. Frau Bachmeier bekam immer ganz glänzende Augen, wenn er in Tracht an ihr vorbeiging.

Leni freute sich immer sehr den Sepp zu sehen, er ist ein bisschen ein Vaterersatz für sie geworden, auch als die Mama noch lebte. Der Sepp und seine Geschichten sind für Leni unabdingbar miteinander verbunden.

Sepp muffelte heute nur ein "Grüß Gott" und ging zur Tür als sein Telefon läutete. Martl rief an und fragte ob er den Sepp abholen sollte. Sepp war anscheinend froh und sagte nun ein wenig freundlicher: "Ja, komm vorbei, denn wenn was ist, sind wir mit dem Polizeiauto mit Blaulicht und Sirene schneller unterwegs als mit meinem alten Jimmy!"

Das war das Stichwort für Leni. Blaulicht fahren, Sirene....

Das klang wieder mal nach einem Abenteuer. Aufgeregt fragte sie Sepp warum er denn Blaulicht fahren musste, doch der antwortete nur sehr unwirsch, dass er heute keine Zeit für ihre Fragerei hat und murmelte etwas von schlechter Welt und bösen Menschen. Dann stapfte er aus der Tür und stieg ins Polizeiauto das gerade vors Haus fuhr und in dem der Fritz und der Martl schon auf ihn warten.

9.

Leni war ein bisschen traurig weil sie sich eine spannende Geschichte erhofft hatte, aber die Aussicht auf das Fest, die Musik und den leckeren kandierten Apfel, den sie sich wie jedes Jahr kaufen würde hob ihre Stimmung sofort wieder an.

Gemeinsam mit Hauke machte sie sich auf den Weg zum Dorfplatz. Es war schon viel los um die Mittagszeit. Es roch nach lauter schmackhaften Dingen, es gab Schweinsbraten mit Knödel oder eine deftige Schweinshaxe. Es gab Würstel mit Kraut oder halbe Hendl, doch die Hendl konnte Hauke nicht mehr essen, denn als er einmal eins probiert hatte, ist er, fast bis zum

Ende des Festes, in der Männertoilette gestanden beim Händewaschen und niemand konnte ihn dazu bewegen heraus zu kommen, weil seine Finger immer noch nach Hendl gerochen hatten.

Leni freute sich auf die Nachspeisen, da gab es Apfelkücherl mit Vanille-Eis, die liebte sie. Deshalb aß sie vorher immer nur ein einziges Paar Würstel, das zweite Paar gab sie Hauke, der konnte es vertragen, vielleicht bekäme er dann doch noch mal richtige Wadel...

Leni und Hauke setzen sich zu Britta und Mike und den Kindern, da war es immer lustig. Sie bestellten ihr Essen und Leni schaffte es fast ganz ohne Hilfe das Wechselgeld zu zählen und der Bedienung einen Euro Trinkgeld zu geben. Letztes Jahr wären es noch fast zehn Euro Trinkgeld geworden, wenn Britta nicht aufgepasst hätte.

Plötzlich hörte die Musik auf zu spielen, alle schauten zum Eingang, der General kam, stolz erhobenen Blickes in Garde-Uniform und die Musik begann den Defilier-Marsch zu spielen. Alle Gäste klatschten freudig im Rhythmus mit. Der General setzte sich alleine an einen Tisch und bestellte ein Hendl und eine Maß Bier, die Musik spielte wieder zünftige bayrische Blasmusik und alles ist wie immer.

Nur Leni bekam Schluckauf....

Ihr fiel ein, sie musste ja die Tasche holen solange der General hier beim Essen sitzt.

Schnell entschuldigte sie sich mit der Ausrede auf die Toilette zu müssen und sauste Richtung „Ich + Du Haus".

Die Türen sind wie immer nicht abgeschlossen, wer sollte hier auch einbrechen, hier wohnte die Polizei persönlich... Leni lief in den ersten Stock und fand in der Rumpelkammer von Herrn Detterbeck ihre Tasche unverändert unter dem roten Koffer und der bunten Reisetasche. Ein schneller Blick genügte um zu erkennen, dass Geld und das Etui mit der Pistole noch da waren. Sie packte die schwere Tasche und schleppte sie, nachdem sie sich sicherheitshalber noch einmal im Flur umgesehen hatte, ins Erdgeschoß in ihre Wohnung. Die Wohnungstüre war nur angelehnt. Leni dachte sich nichts dabei, sie hatte bestimmt, als sie den Sepp gesehen hat, vergessen die Türe gescheit zu zumachen. Der Schirmständer hinter der Türe war umgefallen, komisch. Leni hatte jedoch keine Zeit darüber nach zu denken, die Tasche musste ins Versteck unter ihrem Bett, dringend. Als sie in ihr Zimmer kam stand das Fenster offen und das Döschen mit Gustls Haaren lag auf dem Boden. Golden glitzerten die Locken im Sonnenlicht. Leni hob die Dose auf und streichelte über die Haare. Wie Goldfäden dachte sie.

Jetzt aber schnell die Tasche unter das Bett gepackt und das Fenster geschlossen, damit der Wind nicht noch mehr Schaden anrichtete. Dass es draußen absolut windstill war bemerkte sie nicht.

Sie bugsierte die schwere Tasche unter ihr Bett und zog die Bettdecke ein wenig über den Rand, so dass man, selbst wenn man sich bückte, die Tasche nicht sehen konnte.

Jetzt aber nichts wie zurück zum Fest, nicht dass den anderen ihr langes Wegbleiben auffiel und sie sich Sorgen machten.

Außerdem muss Leni ja nach dem fremden Mann Ausschau halten um ihm die Tasche zurück zu geben.

10.

Der Nachmittag verging viel zu schnell. Leni und Hauke schauten beim Fußballspiel der Buben zu und feuerten sie kräftig an, was aber nichts nutzte, denn sie verloren ein Spiel ums andere und ihre Mannschaft wurde Letzter. Wie geprügelte Hunde schlichen Hans und Peter mit ihren Mannschaftskameraden vom Platz.

Später bemerkte Leni, als sie sich, wie schon den ganzen Nachmittag über immer wieder nach dem fremden Mann umsah, dass Hans und Peter mit ihren Mitspielern hinter dem Bierzelt verschwanden. Der Peter hatte eine Maß Bier unter seinem Trikot versteckt und einige der Mitspieler hatten auch ganz auffallend dicke Bäuche. Wenn das die Frau Bachmeier sieht.... Dann müssten die beiden wieder eine Zeit lang im Keller spielen, oder es gäbe gleich Hausarrest. Frau Bachmeier würde auf die Männer schimpfen, dass denen das Saufen schon in die Wiege gelegt ist und sie so arg gestraft ist die beiden Rotzlöffel ohne Vater erziehen zu müssen.

Leni schaute später noch beim Hufeisen werfen zu, tatsächlich wurde der Huberbauer zum 4. Mal hintereinander Dorfmeister. Er bekam eine Maß Bier und ein goldenes Hufeisen als Preis. Alle bejubelten ihn und klatschten, nur Hauke trippelte inzwischen schon vor dem Bierzelt herum. Er wollte nach Hause gehen, denn er musste schließlich noch duschen und um 17.30 ist doch Abendessen-Zeit und danach kam seine Sendung. Leni kannte das schon und wusste, dass kein gutes Zureden helfen würde. Hauke konnte halt nicht anders. Sie machte sich mit ihm auf den Heimweg.
Sie sah sich immer und immer wieder um, doch keine Spur vom roten Auto oder dem fremden Mann. Leni war ratlos, noch viel mehr plagte sie aber der Gedanke an die Tasche unter ihrem Bett. Die Tasche mit der Pistole. Was sollte sie nur machen, sie konnte doch nicht auf der Pistole schlafen....

Zuhause angekommen schimpfte Hauke weil der Schirmständer nicht an seinem Platz stand und ihm fiel auch sofort auf, dass die Türe der Speisekammer offen stand. Leni konnte sich nicht erinnern, heute schon in der Speisekammer gewesen zu sein. Sie und Hauke frühstückten immer Müsli, das sie in einem großen Glas in der Küche aufbewahrten und das Joghurt dafür stand im Kühlschrank. Sie ging und machte um des lieben Friedens willens und weil sie nicht mit Hauke streiten wollte die Türe der Speisekammer zu. Aus den Augenwinkeln sah sie, dass eine Packung Zucker vom Regal gefallen war und aufgeplatzt am Boden lag. Das durfte Hauke auf keinen Fall sehen, sonst regte er sich wieder furchtbar auf. Schnell holte sie Schaufel und Besen und beseitigte die Bescherung. Hauke machte sich inzwischen bereits auf dem Weg in sein Zimmer.
Plötzlich durchdrang ein gellender Schrei die Wohnung, Leni ließ vor lauter Schreck die Schaufel mit dem aufgekehrten Zucker fallen, der ergoss sich nun quer durch die gesamte Speisekammer. Leni schlug sicherheitshalber die Türe zu, nicht dass Hauke noch mehr Grund zum Schreien hatte.

Hauke schrie und schrie immer noch. Leni lief zu ihm und im selben Moment stürmten auch Britta und Mike in die Wohnung. Sie waren gerade vom Fest nach Hause gekommen und wollten die Kinder ins Bett bringen. Hauke stand mitten in seinem Zimmer und schrie immer noch. Alle standen erschrocken um ihn herum, aber keiner verstand was der Grund für da Geschrei war.

Bis Hauke anfing zu weinen, leise und unaufhörlich und er versuchte zu erklären was erst nur ihm und keinem anderen aufgefallen war.

Seine Bücher, jemand war hier und hatte seine Bücher verrutscht. Das rote Oldtimer - Auto stand im falschen Regal-Fach, sein Bett hatte Falten und die Decke war zurückgeschlagen. Die Türen vom Schreibtisch standen offen und die Vorhänge waren verschoben. Hauke war kaum zu beruhigen. Es war, als hätte ihm jemand dadurch körperliches Leid angetan. Als Britta und Mike genauer im Zimmer nachsahen fiel ihnen auf, dass jemand auch in Haukes Kleiderschrank war, denn seine ansonsten akkurat gefalteten T-Shirts waren offensichtlich durchwühlt, die Handtücher lagen nicht mehr exakt Kante auf Kante, wofür Hauke beim Einsortieren oft eine halbe Stunde benötigte.

Die Kleiderbügel hingen nicht mehr im gleichen Abstand, kurz um Haukes penibel gehaltene Ordnung war zerstört. Sogar unter seinem Bett war jemand gewesen, denn der Bettvorleger war verrutscht.

Schnell war klar, dass irgendwer hier etwas gesucht hat, nur was???
Leni bekam Schluckauf!!!

Gott sei Dank brachten es alle mit der Aufregung in Verbindung und nicht mit ihrem schlechten Gewissen.

Leni musste in ihr Zimmer, sofort! Sie musste nachsehen ob die Tasche noch da war. Während Britta und Mike versuchten Hauke zu beruhigen rannte Leni in ihr Zimmer und sah unter ihrem Bett nach, die Tasche stand unberührt an ihrem Platz.

Es wäre furchtbar gewesen, wenn sie der Einbrecher mitgenommen hätte, wo Leni sie doch unbedingt dem fremden Mann zurückgeben musste. Leni fiel das offene Fenster, das heruntergefallene Weidenkörbchen mit Gustls Haaren ein und auch die offene Wohnungstüre. Alles war passiert, als sie heute Mittag die Tasche wieder in ihrem Zimmer versteckte....

Sogar an den umgefallenen Schirmständer erinnerte sie sich plötzlich.

Ob ein Eindringling im Haus war als sie hierher kam? Vielleicht war er durch ihr Fenster geflohen als sie aus der Wohnung vom General zurückkam. Er konnte ja nicht sehen wer ins Haus gekommen war. Vielleicht dachte er, es sei die Polizei...

Jetzt kamen auch Britta und Mike um in Lenis Zimmer nachzusehen ob etwas fehlte oder etwas kaputt gegangen war. Leni beteuerte übereifrig, dass sie schon nachgesehen habe und alles da sei und nichts kaputt war. Ihr Schrank war auch vorher noch nie so sauber eingeräumt wie Haukes Schrank, so dass es nicht sofort auffallen würde, wenn dort jemand etwas gesucht hätte.
Gemeinsam gingen sie in die Küche. Hier war auf den ersten Blick alles ordentlich, selbst die Haushaltskasse stand wie gewohnt auf dem Küchenbuffet, auch der Inhalt war noch da. Es fehlt kein Cent und das Kassenbuch lag unberührt daneben.
Nach gründlicher Überlegung kamen alle zu dem Schluss, dass es vielleicht kein Einbrecher war sondern dass sich nur jemand einen Spaß erlaubt hatte um Hauke zu ärgern. Vielleicht waren es die Bachmeier Buben, die hatten sich schon öfter einen Scherz mit Hauke erlaubt.
Auf dem Fest hatte die beiden Brüder auch schon eine ganze Weile niemand mehr gesehen. Wahrscheinlich war es tatsächlich nur ein dummer Jungenstreich. Hans und Peter hatten Hauke schon oft zum Narren gehalten, sie hatten zum Beispiel seine Fahrradgriffe mit Honig eingerieben und sich dann darüber lustig gemacht, dass Hauke eine halbe Stunde am Wasserhahn im Garten stand und versuchte seine Finger wieder sauber zu machen. Sie hatten auch einmal die Wäsche, die im Garten zum Trocknen hing verschoben und umgehängt, was Hauke völlig aus dem Konzept gebracht hatte. In Tränen aufgelöst nahm er seine Wäsche ab, nur um sie im Keller in einem, von ihm total ausgeklügeltem System wieder aufzuhängen.
In die Wohnung von Hauke und Leni waren sie allerdings noch nie eingedrungen.
Trotzdem schienen alle mit dieser Erklärung erst einmal zufrieden.
Leni erwähnte sicherheitshalber die offene Speisekammer und den Zucker nicht.

Britta und Mike halfen Hauke seine Sachen wieder halbwegs zu ordnen, aber Leni war sich sicher, dass er heute die ganze Nacht damit beschäftigt sein würde, alles wieder genau auf seinen Platz zu stellen, jedes T-Shirt und jedes Handtuch neu zu falten und akkurat zu aufeinander zu legen. Gut dass morgen Sonntag war, dann konnte er wenigstens ausschlafen.
Morgen, ja morgen beschlossen Britta und Mike würden sie mit Sepp über die Vorkommnisse sprechen, vielleicht wusste er ja Rat. Wenn alle Hausbewohner vom Fest zuhause sind könnte man ja heute sicherheitshalber einmal die Haustüre abschließen.

11.

Mittlerweile war es schon fast zwanzig Uhr geworden und Leni saß ratlos in ihrem Zimmer.
Sie saß wie auf glühenden Kohlen, die Pistole unter ihrem Bett machte ihr Angst und ließ sie nicht zur Ruhe kommen. Nein, so kann sie die Nacht hier nicht verbringen, die Tasche muss weg, dringend. Aber wohin damit, guter Rat war teuer.
Leni sah, um sich abzulenken in all ihren Döschen und Kästchen nach ob ihre Schätze noch da waren. Gott sei Dank, das Bild der heiligen Magdalena war unbeschädigt, auch die Schmuckstücke und die D-Mark Münzen waren noch da. Als sie in das Weidenkörbchen mit Gustls Haaren sah kam ihr eine glänzende Idee....
Der Huberbauer war bestimmt noch auf dem Fest um mit einigen Maß Bier auf seine Dorfmeisterschaft anzustoßen, er lebte allein und außer Gustl war niemand auf dem Hof.
Hinter Gustls Stall befand sich ein alter Schuppen, darin stand eine, seit vielen Jahren verstaubende Kutsche, es hingen Geschirre und Zaumzeuge an der Wand, da der Gustl, wie auch der Huberbauer schon in Rente waren wurde dies alles nie benutzt. Es kam so gut wie nie jemand in den Schuppen. Leni hatte das schon bemerkt, denn wenn sie mit Biggi bei Gustl war schlich sie sich manchmal hierher. Sie mochte den Geruch des alten

Leders und liebte es mit den Fingern über die Geschirre zu streichen. Diese waren so staubig, dass sie manchmal schon Worte in den Staub geschrieben, oder auch einmal eine Sonne hinein gemalt hat, was dann in der Woche darauf immer noch zu sehen war.

Dieser Ort war perfekt als Versteck für die Tasche.

Doch wie sollte Leni nur jetzt, so spät noch unbemerkt zum Huberbauern kommen, noch dazu mit dieser schweren Tasche.

Eines war sicher, Hauke würde es sicher nicht auffallen, wenn sie die Wohnung verließ, er war mit Falten und Glätten bestimmt die nächsten Stunden beschäftigt, Britta und Mike brachten die Kinder ins Bett, was meistens länger dauerte. Finn liebte lange Gute Nacht Geschichten,

Der General würde die Tagesschau sehen und Frau Bachmeier war schon am späten Nachmittag mit der Oma und dem Luggi nach Hause gegangen, damit die Gabi mal Zeit hat zum Jung sein....

Sepp war den ganzen Tag nicht zu sehen, weder er noch Martl oder Fritz waren beim Dorffest gewesen, vielleicht waren sie ja irgendwohin mit Blaulicht unterwegs.

Die Gelegenheit erschien Leni günstig und sie packte die Tasche, stemmte sie sich mit den Henkeln wie einen Rucksack auf den Rücken und schlich zur Tür hinaus. Gut dass es noch einigermaßen hell war, denn im Dunkeln hatte Leni Angst. Sie nahm, wie schon gestern den Weg durch den Garten, dass sie heute Abend auf den General traf war eher nicht zu erwarten.

Als sie mit ihrer schweren Last um die Ecke bog erstarrte sie vor Schreck. Auf der Liege lag Hans, seine Arme hingen links und rechts herunter und er schlief tief und fest, Peter saß mit einem Maßkrug in der Hand auf dem Rasen neben der Liege und brummelte unverständliches vor sich hin. Er kippte immer wieder zur Seite um und rappelte sich mühsam wieder auf. Jedoch, ohne die halbvolle Maß aus der Hand zu lassen. Kaum saß er aufrecht, nahm er einen Schluck, fiel wieder zur Seite, rappelte sich auf um dasselbe Spiel von vorne zu beginnen.

Beide Bachmeier-Buben hatten anscheinend zu tief ins Glas geschaut, kein Wunder dachte Leni, sie waren bestimmt todtraurig nachdem sie ihre Spiele alle verloren hatten. Frau Bachmeier wird entsetzt sein, wenn sie die beiden hier so findet. Vielleicht sollten sie gleich freiwillig in den Keller ziehen. Peter erspähte Leni und stammelte. "Magst an Schluck??" und fiel wieder zur Seite um.

Jetzt aber nichts wie weg, Leni rannte, so schnell es ihr mit der schweren Tasche möglich war Richtung Waldweg.

Die Weide war leer, da die Kühe vom Martl im Stall schliefen und erst morgen Früh wieder auf die Wiese durften. Beim Hof vom Martl war niemand zu sehen, wahrscheinlich war Hanni fertig mit der Stallarbeit und besuchte nun auch noch das Dorffest. Sie musste oft alleine etwas unternehmen, der Schichtdienst vom Martl und die Kühe machten es schwer etwas gemeinsam zu machen. Vielleicht hatten sie deswegen keine Kinder dachte Leni, als sie am Hof vorbei schlich.

Hinter dem Hof vom Martl ging es wieder auf die Straße, aber nur kurz, denn gleich nach der nächsten Kurve kam der Huber-Hof. Leni schaute sich um, aber es war weit und breit niemand zu sehen. Sie ging zum alten Kuhstall, der voll stand mit allerlei alten Maschinen und Gerümpel, nur eine Seite war aufgeräumt, da waren Heu und Strohballen gestapelt und dort befand sich auch die Box vom Gustl. Ein leises Schnauben zeigte Leni, dass Gustl sie erkannt hatte. Sanft streichelte sie seine weiche Nase und rieb ihr Gesicht an seinen Nüstern. Gustl roch einfach wunderbar. Sie hätte daran denken sollen eine Karotte für ihn mitzunehmen, jetzt war er bestimmt traurig. Sie streichelte seinen Kopf und vergaß für kurze Zeit die Tasche auf ihrem Rücken. Gustl genoss die Streicheleinheiten. Der Huberbauer hatte es nicht so sehr mit Zärtlichkeiten, der mochte es lieber deftiger und klatschte dem Gustl als Freundschaftsbeweis nur gelegentlich auf das Hinterteil. Einmal hätte der Gustl den Huberbauern vor lauter Schreck aus Versehen fast erschlagen, weil er ihn nicht kommen gehört hatte und de Huber ihm so fest auf den Hintern gehauen hatte.

Leni nahm noch einen kräftigen Atemzug an der Pferdemähne und ging durch die schiefe Tür hinten aus dem Stall hinaus. Keine zehn Schritte und sie stand vor dem alten Schuppen. Wein und Efeu haben die Fassade des Schuppens schon fast ganz zugewachsen.

Der Huberbauer machte sich nicht die Mühe, die Pflanzen im Zaum zu halten. Leni wusste gar nicht, wann er das letzte Mal den Schuppen betreten hatte. Erstaunlicher Weise macht die alte Tür kein Geräusch wenn man sie öffnete, was sich Leni schon oft zu Nutzen gemacht hatte, als sie sich heimlich hierher geschlichen hat. Auch heute öffnete sich die Türe völlig geräuschlos. Leni schlüpfte hinein, sah die in den Staub gemalte Sonne auf dem Geschirr, die seit 3 Wochen dort davon Zeugnis abgab, dass außer Leni niemand den Schuppen seither betreten hatte. Leni war sich daraufhin noch sicherer, den geeigneten Platz für die Tasche gefunden zu haben. Als sie sich unter den Geschirren und Zaumzeugen hindurch schlängelte kam sie zu einem alten, windschiefen Schrank. Dieser war voll mit Hufeisen, großen und kleinen, mit altem Werkzeug, das Leni noch nie gesehen hatte und von dem sie nicht wusste, wofür man es benutzen konnte. In der Schranktür hing ein großer schwerer Hammer.

Dieser Schrank schien Leni der passende Ort um die Tasche zu verstauen. Beim Öffnen der Türe muss sie sich sehr anstrengen, da sie den Hammer nicht abnehmen konnte, er war viel zu schwer für sie. Als die Türe endlich offen war sah sie, dass die komplette rechte Schrankseite leer war, wie gemacht für ihre Tasche. Sie schob diese nun in das unterste Fach und verschloss die Türe wieder. Dies ging erstaunlich leicht, weil der Hammer mit seinem Gewicht die schiefe Türe zufallen ließ. Laut krachte die Schranktüre ins Schloss. Leni horchte ob sie irgendwer bemerkt hatte, aber bis auf das gleichmäßige Kauen von Gustl war nichts zu hören. Leni schlüpfte genauso geräuschlos aus dem Schuppen wie sie hinein gekommen war. Sie öffnete die Stalltüre und wurde von Gustl beim Betreten aufmerksam beobachtet. Ob sie wohl jetzt eine Karotte für mich hat, schien sein Blick zu fragen. Leni kraulte ihm noch kurz die Mähne, dann hatte sie es sehr eilig aus dem Stall zu verschwinden und nach Hause zu kommen. Ein freundliches Wiehern von Gustl begleitete sie auf den Heimweg.

12.

Leni traute sich nun nicht mehr am Waldrand nach Hause zu laufen, da es bereits dämmerte. Sie lief einfach die Dorfstraße entlang Richtung „Ich + Du Haus".

Von weitem sah sie den Huberbauern nach Hause torkeln, vorne in seiner Lederhose steckte das goldene Sieger-Hufeisen.

Er murmelte vor sich hin, was er sagte konnte Leni jedoch auf die
Entfernung aber nicht verstehen.
Sie hoffte nur, er würde sie nicht bemerken, denn eine Erklärung warum sie
um diese Uhrzeit ganz alleine im Dorf unterwegs war hätte sie auf die
Schnelle nicht gefunden.

Aber er hatte sie bereits erspäht, er winkte hektisch und es schien so, als ob
er ihr etwas zurufen würde, sie konnte aber nicht verstehen, was er sagte.
Plötzlich zog er das goldene Hufeisen aus seinem ledernen Ranzen, holte
aus und warf es in ihre Richtung. Leni erschrak fürchterlich und duckte sich
aus Reflex. Das Hufeisen flog über sie hinweg, hinter ihr machte es Plopp
und ein lang gezogenes "Aua!" zerriss die Stille des Abends. Leni sah sich
um und erkannte einen fremden Mann der zu Boden gegangen war und sich
den Kopf hielt. Neben ihm lag das Hufeisen. Noch ehe sich Leni bücken
konnte um ihm zu helfen, sprang der Mann auf und rannte in Richtung
Waldrand davon. Der Huberbauer kam schimpfend und im Laufschritt, so
gut es ihm nach einigen Maß Bier möglich war, auf Leni zugeraunt. „Dirndl,
hat er dir was getan?" schrie er Leni an. Doch die war vor Schreck wie
erstarrt. „Nein!" konnte sie nur stammeln und verstand nicht was gerade
geschehen war. „Da legst di nieder!" philosophierte der sichtlich betrunkene
Herr Huber.
„I bring di jetzt hoam!" meinte er und packte Leni am Arm.
Diese war so eingeschüchtert, dass sie wortlos mit dem Huberbauern ging.
Beim „Ich + Du - Haus" angekommen klingelte der Huberbauer Sturm an
sämtlichen Klingeln und alle, die zuhause waren stürmten in Treppenhaus.
Leni war kreidebleich und hatte Schluckauf. Der Huberbauer erklärte den
verwirrten Hausbewohnern was vorgefallen war.
Er habe gesehen, wie Leni ganz alleine auf der Dorfstraße unterwegs war,
plötzlich sei ein fremder Mann hinter einem Baum hervorgesprungen, es
müsse ein ganz dünner Mann gewesen sein, weil er ihn vorher hinter dem
"Stangerl" von Baum nicht gesehen hatte.
Es war allerdings nicht ganz klar ob es am dünnen Baum oder der Wirkung
von einigen Maß Bier gelegen hatte, dass der Huber den Mann nicht
bemerkte....
Auf alle Fälle habe er dann gesehen, wie er von hinten auf die Leni zu

geschlichen sei und sie sich greifen wollte. Da habe er nicht lange überlegt und sein Sieger-Hufeisen gepackt und es dem Hallodri ans Hirn geschmissen.

Wie der Huber mit seinem Rausch auf diese Entfernung so genau getroffen hat, war allen ein Rätsel.

Auf alle Fälle war der Mann dann, laut Huber in die Knie gegangen, hatte sich das Hirn gehalten und war dann davon gerannt. Er habe ihn ja nicht einholen können wegen seiner Arthrose, aber immerhin klebte Blut an seinem goldenen Hufeisen, das hieß, dass er ihn wohl gescheit getroffen hat. Der Kerl würde morgen sicher Kopfweh haben.

Was wohl nicht nur auf den fremden Mann zutreffen würde...

Alle redeten wirr durcheinander, jeder wollte etwas wissen, was Leni denn so spät noch draußen gewollt habe, warum sie alleine unterwegs gewesen sei und Vieles mehr.

Die Bachmeier Gerda sagte, dass man einfach keinen Mann trauen kann, das seinen alles ausgemachte "Weiberer" und nur auf Sex aus. Daraufhin machte sich Britta erst recht Sorgen über das, was alles hätte passieren können und Mike sagte mit bedrohlicher Stimme: „wenn ich den erwische!" Ließ aber offen, was er dann mit ihm machen würde...

Durchs Treppenhaus rief die fast blinde Oma, sie habe schon gehört, wie der „Aua" geschrien habe und säuselte ein: "Sauber gmacht Wast!!" hinterher. Wast ist der Vorname vom Huberbauer, aber außer der Oma nannte ihn keiner so. Man erzählte sich, sie hätte in der Jugend auch ganz gern mal noch was anderes zu ihm gesagt, aber er hat es nicht bemerkt, deswegen hat sie halt dann den Schorsch genommen...

Der einzige von dem nichts zu sehen war, war Hauke. Er räumte immer noch in seinem Zimmer herum, da ließ er sich von nichts, aber auch Garnichts ablenken.

In diesem Moment fuhr der Sepp mit dem Polizeiauto vor, er hatte den Fritz und den Martl heimgebracht und war jetzt ganz erstaunt über den Trubel vorm Haus.

Der Sepp ließ sich erzählen was passiert war und hörte aufmerksam zu. Anschließend meinte er, dass es sehr schade sei, dass jetzt auch hier auf dem Land das „Böse" Einzug hält.

13.

Alle Bewohner vom „Ich + DU - Haus" beschlossen gemeinsam sich im
Aufenthaltsraum zusammen zu setzen und zu überlegen, was jetzt zu tun
sei, auch der Huberbauer wurde mit eingeladen, dann könnte er dem Sepp
ja seine Heldentat selber noch einmal ausführlich schildern. Nach der
ganzen Aufregung und dem reichlichen Biergenuss mancher Anwesenden
beschloss Britta für alle Tee zu kochen und Frau Bachmeier holte den,
eigentlich für morgen gebackenen, Kuchen. Ja so waren sie, die völlig
unterschiedlichen Mitglieder der Ich + Du Familie, wenn es was zu feiern
gab, aber auch wenn mal wer Probleme hatte waren sie füreinander da.
Als sie sich im Keller-Aufenthaltsraum einfanden lagen dort auf der großen
Eckbank der Hans und der Peter. Beide schliefen tief und fest, am Boden zu
ihren Füssen lag noch der Maßkrug, aber jetzt endgültig leer.
"Ja ihr vermalefizten Sau-Buben!!!" zeterte Frau Bachmeier gleich los, doch
ihre ganzen Schimpftiraden konnten nichts ausrichten, die beiden schliefen
wie bewusstlos. Sepp und der Mike erbarmten sich und brachten die
Knaben nach oben. Jeder bekam noch einen Eimer ans Bett gestellt, dann
überließen sie die beiden ihrem Schicksal. Das Donnerwetter was sie
morgen erwarten würde wollten weder Sepp noch Mike miterleben.
Aus dem Wohnzimmer rief die Oma „nehmt mich mit runter, ich will auch
hören was passiert ist!" Als sie auf dem Weg zum Keller an der Wohnung
vom General vorbeigingen hörten sie, wie er lautstark vor sich hin
kommandierte und beschlossen ihn nicht aus seinem imaginären
Kampfgeschehen zu holen. Er hätte außerdem bestimmt nichts
Wissenswertes beizutragen.

Mittlerweile saßen alle um den großen Tisch und tranken Tee und aßen
Marmorkuchen.
Der Huberbauer erzählte noch einmal seine ganze Geschichte in allen
Einzelheiten und Sepp meinte, dass das goldene Hufeisen beschlagnahmt
sei, es sei schließlich ein Beweismittel. Nur unwillig rückte der Huber das

Eisen heraus. Sepp steckte das Hufeisen in eine kleine Plastiktüte die er, warum auch immer, aus seiner Jackentasche zauberte und er versprach dem Huber, dass er es sicher zurückbekommen würde.

Die Bachmeier-Oma hatte der Geschichte ganz still und verträumt lächelnd zugehört. "Du bist ein Held Wast" seufzte sie schmachtend. Anscheinend war sie immer noch ein bisschen in den Huberbauern verliebt.

Jetzt war es aber an Leni zu erklären, was sie denn so spät noch auf der Straße gemacht hatte. Gott sei Dank hatte sie ein bisschen Zeit gehabt, während der Huberbauer erzählte, sich etwas zu überlegen. Sie schwindelte den Mitbewohnern vor, das ihr sooo langweilig gewesen war und der Hauke nur mit Aufräumen beschäftigt war, dass sie sich gedacht hat, ein Abendspaziergang könnte ja nicht schaden. Dann sei ihr der Rest vom kandierten Apfel in ihrer Handtasche eingefallen und im selben Gedanken gleich auch noch der Gustl und so habe sie beschlossen dem Gustl den kandierten Apfelbutzen zu bringen. Der mag doch so gern Süßes. Von dem Mann auf dem Heimweg habe sie nichts bemerkt, erst als der hinter ihr Aua geschrien habe, habe sie ihn gesehen, aber auch nicht gescheit. Es schien so, als würden ihr die anderen die Geschichte abnehmen. Nur der Sepp schaute irgendwie misstrauisch drein.

Er war auch derjenige, der Leni jetzt ganz ausdrücklich ermahnte, nicht abends alleine draußen rum zu laufen und versuchte ihr klar zu machen, dass es immer wieder Menschen gibt, die anderen nicht gut gesonnen sind und sie, Leni mit ihrer Gutgläubigkeit ein leichtes Opfer sei. Alle am Tisch nickten zustimmend und Leni bekam Schluckauf.

14.

Sie saßen noch eine Weile und unterhielten sich. Britta und Mike erzählten den anderen Hausbewohnern von dem Vorfall heute am frühen Abend in Haukes Zimmer und dass sich wohl jemand einen Spaß daraus gemacht hätte alles zu verrutschen und zu verstellen um ihn zu ärgern. Der Zustand der Bachmeier Buben ließ auch gleich den Verdacht aufkommen, das sicher die beiden hinter dem Streich stecken würden. Frau Bachmeier drohte, den beiden die Hammelbeine lang zu ziehen, wenn sie den armen Hauke so erschreckt hätten, aber heute wäre aus ihnen eh nichts mehr heraus zu bekommen.

Es wurde auch über das Abschließen der Haustüre diskutiert und komischerweise war gerade Sepp, der ansonsten ein Gottvertrauen hatte, derjenige, der jetzt ganz vehement forderte die Haustüre generell abzuschließen, auch tagsüber.

Alle Bewohner waren irritiert von Sepps heftiger Reaktion, doch dann begann er zu erzählen....

Seit vorgestern waren sie auf der Suche nach zwei Entführern, die eine junge Frau samt ihrem roten Golf in Übersee am Chiemsee gekidnappt hatten.

Sie hatten bei den Eltern, die nicht einmal sehr wohlhabend waren 600.000,- Euro Lösegeld gefordert, welches diese auch mit allerhand Schwierigkeiten besorgen konnten.

In einer großen Leder-Reisetasche sollte am Donnerstagnachmittag an einem Autobahnparkplatz direkt am Chiemsee das Lösegeld übergeben werden. Die Eltern hatten, entgegen aller Forderungen der Entführer die Kripo eingeschaltet. Am Übergabe-Ort wartete dann bereits gut versteckt und getarnt die Polizei auf die Gangster um sie auf frischer Tat zu überführen. Doch alles lief anders als geplant. Die Entführer erkannten die Falle, ein dünner Mann beugte sich blitzschnell aus dem fahrenden Auto und riss die Tasche mit dem Lösegeld an sich, anschließend zog er eine Pistole und schoss auf die Polizisten. Ein Kollege wurde an der Schulter getroffen und ein zweiter Kollege wurde verletzt, als die Entführer ihn auf der Flucht mit dem roten Auto fast überfahren hätten. Nur durch einen beherzten Sprung zur Seite konnte er sich retten. Seit dem sind die beiden Männer mit dem Lösegeld und dem Auto auf der Flucht.

Von der jungen Frau, Johanna hieß sie, fehlte seit dem jede Spur.

Wenigstens klappte die Zusammenarbeit mit der Presse, die immer sofort witterte wenn etwas im Busch war. Jede größere Ansammlung von

Polizisten versetzte sie in Aufruhr. Doch noch hielten die Reporter ihr versprochenes Stillschweigen um das Leben von Johanna Maier nicht zu gefährden. Wie lange, das war allerdings nicht absehbar. Es eilte, sie mussten Johanna finden. Eine ganze Schar Polizisten war mittlerweile auf der Suche nach ihr und den Entführern.

Leni lauschte der Geschichte von Sepp gespannt. Heute war es anderes als sonst, es war keine spannende Krimi-Geschichte aus alten Münchner Zeiten, nein es war gerade erst passiert und Leni steckte mitten drin.

Es konnte nicht so viele Zufälle auf einmal geben. Die Tasche, das Geld, die Pistole und das rote Auto, alles hatte Leni in den letzten zwei Tagen gesehen. Nur Johanna, die junge Frau hatte sie noch nicht getroffen. Plötzlich ergab alles einen Sinn. Sie musste unbedingt mit Sepp reden. Vorsichtig fragte sie: "Wenn ich die Tasche mit dem Geld finden würde, was müsste ich denn dann tun?" Der Sepp schüttelte nur mit dem Kopf: „Leni, Leni du alte Ermittlerin.... Lass lieber mal die Finger von dem Lösegeld und leih dir schon gar nicht wieder den Dackel vom Martl aus, um es zu suchen. Lass dir gesagt sein, es wird auch nicht die Krankenschwester verdächtigt, in ihrer Tasche das Lösegeld aus der Wohnung vom General zu schmuggeln. Das hier ist eine ernste Sache und alle Polizisten der Umgebung kümmern sich drum. Die brauchen keine neugierige Leni auf die sie dann auch noch aufpassen müssen!"
Leni merkte schon, dass Sepp ihr nicht glauben würde, versuchte es aber noch einmal. "Und wenn ich das rote Auto gesehen habe!!"
Sepp schüttelte unwillig den Kopf: "Nein Leni, jetzt ist es genug mit den Phantastereien, halt dich da raus, es geht um das Leben einer jungen Frau, da ist kein Platz für Spinnereien!" Damit war für Sepp das Thema erledigt und Leni wagte nicht noch einmal zu fragen. Sie würde sich etwas einfallen lassen müssen um Sepp zu beweisen, dass sie eine gute Kriminalerin war.
Im Baby-Phon von den Bachmeiers knackste es, Gerda hatte es mit in den Keller genommen um zu hören, wenn der Luggi wach werden würde, denn die Oma, die sonst alles hörte, hatte heute nur noch Augen, bzw. Ohren für den Huber Wast.
Gabi Bachmeier war vom Fest nachhause gekommen und wunderte sich,

dass niemand in der Wohnung war. Gut, dass Gerda einen Zettel auf dem Küchentisch, wo vor einer Stunde noch der leckere Marmorkuchen gestanden hatte hinterlassen hatte. Jetzt kam auch Gabi in den Keller und der Huberbauer konnte seine Heldengeschichte ein drittes Mal erzählen. Gabi wurde gar nicht fertig mit Ah und Oh – Rufen.

Was alles in so kurzer Zeit in diesem kleinen Dorf passiert war.

Plötzlich hielt sie inne. Ein rotes Auto sagte der Sepp und der Huberbauer erzählte von einem zaundürren Mann, der jetzt wohl eine Platzwunde am Kopf hat.... Den hatte sie doch vorhin gesehen. Als sie aus dem Festzelt kam lehnte ein fremder Mann mit einem blutigen Tuch am Kopf am Fahnenmast. Sie hatte noch gedacht, eine Bierzelt-Rauferei und sich gewundert, dass sie gar nichts mitbekommen hatte. Dann kam ein zweiter Mann in einem roten Golf und ließ den blutenden Mann einsteigen und brauste, mit deutlich überhöhter Geschwindigkeit davon.

Gabi hatte sich nicht weiter Gedanken darüber gemacht und war schnurstracks nach Hause geradelt. Jetzt bekam das alles eine andere Bedeutung.

Der Sepp wurde plötzlich ganz hellhörig, er fragte Gabi nach allen möglichen Kleinigkeiten, die sie sich gemerkt haben könnte, wie zum Beispiel die Kleidung des Mannes.

Sie versuchte sich zu erinnern, aber ihr fiel nur eine Jeans ein, an das Oberteil konnte sie sich nicht erinnern, auch nicht an Haarfarbe, Größe usw. nur an das blutige Tuch, das er sich an den Kopf gehalten hatte. Es sah aus wie ein rosa T-Shirt.

Sepp erstarrte. Johanna, die entführte junge Frau hatte, laut ihren Eltern ein rosa T-Shirt getragen als sie das Haus verließ. Hoffentlich war das kein schlechtes Zeichen.

Der Huberbauer konnte auch nicht mehr zur Kleidung des Mannes sagen und Leni, Leni hatte Schluckauf und brachte gar kein Wort mehr heraus. Selbst auf mehrmaliges Nachfragen vom Sepp konnte sie sich nicht erinnern, was der Mann, der sie zu packen versucht hatte, für Kleidung anhatte oder wie er aussah.

Sepp rief bei Martl und Fritz an, sagte sie sollen sich bereit machen, er würde sie gleich wieder abholen kommen. Zu Gabi sagte er, dass sie morgen eine schriftliche Aussage im Polizeirevier machen müsse und auch dem Huberbauern erklärte er, dass er sich dort melden müsste.

Der Huberbauer schien nicht begeistert und brummelte: „Aber erst nach der Kirche und dem Frühschoppen....“

Der Sepp telefonierte gleich noch mit irgendwelchen Kollegen von der Sonderkommission "Johanna", die heute gegründet worden war und rief eine Fahndung aus. Dann machte er sich eilig auf den Weg ins Revier.

Die übrigen Hausbewohner blieben ratlos und aufgewühlt zurück, es war schon spät geworden und Zeit ins Bett zu gehen. Der Huberbauer torkelte heim und Mike schloss nach ihm die Haustüre zweimal ab. Er begleitete Leni in ihre Wohnung und sah noch einmal kurz nach Hauke. Doch der war gerade mit dem genauen Ausrichten seiner Bücher beschäftigt und wollte nicht gestört werden. So ging auch Mike nach Hause.

15.

Leni saß auf ihrem Bettrand und konnte nicht aufhören zu zittern. Selbst mit ihrem kindlichen Gemüt wurde ihr langsam klar, dass sie in ernsten Schwierigkeiten steckte. Sie hatte eine Tasche voller Lösegeld gestohlen, die Entführer wollten sie wieder haben und scheuten dabei nicht einmal davor zurück in ihre Wohnung einzubrechen. Der arme Hauke, ihm war dadurch ebenfalls ein großer Schrecken zugefügt worden.

Der eine Mann hatte sogar versucht sie zu packen, sie wollte sich gar nicht vorstellen, was passiert wäre, wenn der Huber nicht genau in dem Moment nach Hause gegangen wäre.

Leni war sich sicher, wenn sie die Tasche und die Pistole zurückgeben würde, würde der Mann bestimmt wieder gut mit ihr sein und wenn er das Lösegeld hatte würde er sicher auch die arme Johanna frei lassen und alles wäre wieder in Ordnung.

Für Leni war klar, sie musste die Tasche aus dem Schuppen holen. Gleich morgen, gleich in aller Frühe. Sie hatte vorhin gehört, wie der Huberbauer gesagt hatte, dass er morgen erst nach der Kirche und dem Frühschoppen aufs Revier kommt. Das bedeutete, dass er Vormittag nicht zuhause sein würde.

Vor Müdigkeit gähnend und mit einem, ihrer Meinung nach guten Plan für den nächsten Tag kroch Leni ins Bett und schlief sofort tief und fest ein. Sie bemerkte nicht, dass auf der gegenüberliegenden Straßenseite ein rotes Auto parkte und zwei Männer aufmerksam das Haus beobachteten.

16.

Sonntagmorgen war im „Ich + DU Haus" noch alles ruhig. Das Polizei Auto parkte vor der Türe, was bedeutete, dass Sepp zuhause war. Das rote Auto von der anderen Straßenseite war verschwunden.

Gabi Bachmeier schlief ausnahmsweise aus, sie war es nicht mehr gewohnt, abends länger aus zu gehen. Oma und Gerda Bachmeier saßen gemeinsam beim Frühstücken, von Hans und Peter keine Spur, die beiden schliefen ihren Rausch aus und waren nicht wach zu bekommen. Luggi saß glucksend auf dem Arm von Gerda und ließ sich, in Ermangelung von Kuchen, mit Marmeladenbrot füttern.

Britta und Mike kuschelten wie immer sonntags mit den Kindern gemeinsam im Bett und würden erst später zu Brunchen aufstehen.

Der General war auch ein Langschläfer, aus seiner Wohnung war nichts zu hören.

Hauke schlief tief und fest, er hatte die ganze Nacht zu tun gehabt um alles wieder in Ordnung zu bringen.

Die Gelegenheit für Leni war also perfekt. Sie konnte unbemerkt aus dem Haus schleichen und die Tasche beim Huberhof holen. Der Huber würde in der Kirche sein und bis er zurückkommen würde, wäre sie samt Tasche schon lange wieder verschwunden.

Gesagt getan, Leni machte sich auf den Weg. Heute lief sie die Dorfstraße entlang, denn sie hatte plötzlich kein gutes Gefühl mehr alleine am Waldrand zum Huber zu laufen.

Sie sah sich immer wieder um und lief so schnell sie konnte. Beim Huberhof angekommen ging sie wie gewohnt in den Stall und wurde von Prusten von Gustl begrüßt. Mist, sie hatte wieder die Karotten für das Pferd vergessen, dabei hatte Britta doch extra welche beim Wochenend-Einkauf mitgebracht. Sie hatte heute aber keine Zeit lange darüber nachzudenken. Einmal flüchtig streichelte sie Gustl über die Nase um dann schnell aus dem Stall zum Schuppen zu huschen. Sie öffnete lautlos die Türe, schlüpfte unter Zaumzeugen und Geschirren hindurch zum Schrank, in dem sie die Tasche versteckt hatte. In der Eile fiel ihr nicht auf, dass die Sonne auf dem alten Geschirr verwischt und kaum noch zu erkennen war.

Leni mühte sich mit der schweren Schranktüre ab und hielt vor Schreck den Atem an. Der Schrank war leer. Die Tasche war verschwunden.

Leni sah sich suchend um und Gott sei Dank, da stand sie, die Tasche, unter dem schönsten Festtags-Geschirr vom Gustl. Wie war sie bloß dorthin gekommen. Hoffentlich war der Inhalt noch da. Schnell öffnete sie die Tasche, das Geld war drin, aber sie konnte nicht überblicken ob es vollständig war oder ob etwas fehlte. Die Pistole jedoch war verschwunden. Sie wühlte in der Tasche und suchte und suchte, aber sie war nirgends zu finden. Es blieb ihr nichts anderes übrig, als die Tasche ohne Pistole mitzunehmen, sie musste sich beeilen und das Geld nach Hause bringen bevor jemand ihr Verschwinden bemerkte. Vielleicht war es ja besser so, dass die Pistole weg war, dann müsste sie keine Angst haben, wenn die Tasche unter ihrem Bett stünde bis sie den Entführer gefunden hätte.

Plötzlich fiel Leni ein, dass der fremde Mann ihr auf dem Heimweg aufgelauert hatte, vielleicht hatte er sie beobachtet, wie sie die Tasche hier versteckt hatte. Womöglich hatte er sie gefunden und die Pistole an sich genommen, aber warum hatte er die Tasche mit dem vielen Geld hier stehen lassen?

Leni bemerkte nicht, dass der fremde Mann, die Pistole in der Hand, kaum einen Meter hinter ihr stand, nur die geöffnete Schranktüre trennte die beiden voneinander. Der Mann wollte diese schließen um nach Leni zu greifen. Er rechnete aber nicht mit dem Gewicht des Hammers der dort hing. Mit einem lauten Krachen fiel die Tür ins Schloss. Leni erschrak fürchterlich und duckte sich unter das Geschirr von Gustl. Der Mann war genauso erschrocken und stolperte vorwärts, dabei löste sich ein Schuss. Es gab einen lauten Knall und die Kugel prallte knapp über Lenis Kopf vom

Eisenbeschlag des Festtagsgeschirres ab und traf als Querschläger direkt ins Bein des Mannes. Dieser schrie laut auf und sank in sich zusammen. Leni nutzte die Gelegenheit und stürmte aus dem Schuppen. Sie wusste im ersten Moment nicht, wohin sie laufen sollte und stand den Bruchteil einer Sekunde ratlos vor der geschlossenen Stalltüre. Als sie hörte, dass im Schuppen jemand alles was ihm im Weg stand achtlos umwarf war ihr klar, der fremde Mann war ihr, trotz Verletzung auf den Fersen. Das Geräusch des umfallenden Schubkarrens löste ihre Blockade und sie schlüpfte in den Stall. In diesem Moment öffnete sich die Schuppentüre. Mit blutender Stirn und jetzt auch blutender Wade humpelte der Mann hinter Leni her in den Stall. Leni sah sich hilfesuchend um, da fiel ihr Blick auf Gustl. Ohne zu überlegen sprang sie zu ihm, in die, nach hinten offene Box und versteckte sich zwischen seinen Vorderbeinen. Doch der Mann hatte sie beobachtet und rannte nun, so wie es ihm mit dem verletzten Bein möglich war ebenfalls in Richtung Gustls Box. In dem Moment als er Gustl einen kräftigen Schlag auf den Allerwertesten verpasste um an ihm vorbei zu Leni zu kommen, lernte er Gustls sportliche Seite kennen. Mit einem kräftigen Tritt beförderte der Kaltbluthengst den Mann in hohem Bogen aus seiner Box. Mit einem schmerzerfüllten Ächzen rutschte dieser an der rückwärtigen Wand des Stall herab und es dauerte einige Sekunden bevor er versuchen konnte sich wieder aufzurappeln.

In diesem Augenblick wurde die Stalltür aufgerissen und der Huberbauer stürmte, die Mistgabel schwenkend in den Stall. "Ja was is denn da los? Was hast du dich da herinnen rumzutreiben, Sakra, du Saubazi verreckter, schau dass di schleichst!!"

Er schimpfte lauthals auf den Mann ein. Diesem blieb nichts anderes übrig, als durch die Hintertüre des Stalles zu fliehen und in Richtung Wald davon zu humpeln. Was der Huber nicht mehr sehen konnte war, dass er dort in ein rotes Auto sprang in dem ein zweiter Mann saß, der anscheinend auf ihn gewartet hatte. Beide brausten über den Waldweg davon.

Der Huberbauer hatte gestern doch mehr als eine Maß zu viel getrunken und war deshalb heute Morgen nicht aus dem Bett gekommen um in die Kirche zu gehen. Erst durch den Schuss und den Radau im Schuppen war er wach geworden und hinausgestürmt. Er dachte Landstreicher hätten in seinem Stall übernachtet. Aufgrund der Nachwirkungen des übermäßigen

Alkoholgenusses fiel ihm die Ähnlichkeit zu dem Mann, vor dem er Leni gestern Abend gerettet hatte nicht auf.

"Guad gemacht Gustl!" sagte der Huber und wollte dem Pferd noch den Hintern tätscheln, aber in Erinnerung an den Freiflug des Landstreichers ließ er es lieber bleiben.

In all der Aufregung hatte er Leni gar nicht bemerkt, die immer noch zwischen den Vorderbeinen von Gustl kauerte und sich kaum zu atmen traute. Der große, massige Hengst bewegte sich nur ganz vorsichtig um ihr nicht weh zu tun oder aus Versehen auf sie zu treten.

Als der Huberbauer wieder aus dem Stall polterte kam Leni aus ihrem Versteck. Sie kuschelte sich ganz fest an den Hals von Gustl und atmete zur Beruhigung extra viel Pferdeduft ein.

Sie erinnerte sich an die Tasche mit dem Geld und daran, dass der Entführer keine Gelegenheit mehr hatte sie mitzunehmen, also beschloss sie, ihren Plan umzusetzen und die Tasche zu sich nach Hause zu bringen. Was dann zu tun sei würde sich finden. Bestimmt würde der Sepp ihr glauben, wenn sie ihm die Tasche zeigen kann.

Sie schlich in den Schuppen, holte die Tasche und lief nun doch am Waldrand entlang auf dem schnellsten Weg nach Hause.

17.

Durch den Garten rannte sie, mit der Tasche auf dem Rücken über die Hintertüre ins Treppenhaus. Kurz hielt sie inne um zu lauschen ob jemand im Flur unterwegs war, aber alles war still, sie hörte nur ihr eigenes, keuchendes Atmen. Schnell um die Ecke gebogen und schon würde sie sicher in ihrer Wohnung sein. Sie stieß die Wohnungstüre auf und - ach du Schreck - lief direkt Hauke in die Arme. Der kam zerknautscht und gähnend aus dem Bad und wollte gerade wieder ins Bett, heute war ja schließlich "Nichts-Tu-Tag"....

Erstaunt sah er die keuchende und verschwitzte Leni an und bemerkte dann die Tasche, die sie hinter ihrem Rücken zu verbergen suchte. Jetzt war guter Rat teuer. Sollte sie Hauke anschwindeln? Nein, das würde nicht funktionieren, er würde sie sofort durchschauen, wie er es bei fast allen Menschen und Situationen tat. Vielleicht würde ihr eine Erklärung einfallen, die nur bedingt die Schwierigkeiten, in denen sie steckte, andeutete. Doch all ihre Überlegungen erstickte Hauke mit der Frage: "Was hast du angestellt Leni?" im Keim. Man konnte Hauke einfach nichts vormachen. Sie stellte die Tasche ab, ließ sich auf den Boden sinken und versuchte erst einmal zu Luft zu kommen. Hauke setzte sich neben sie, auf den Fußboden, der war in seinen Augen immer schmutzig, das alleine war schon ein Zeichen seiner großen Besorgnis. Leni atmete nun ein wenig ruhiger, schob die Tasche zu Hauke und öffnete den Reißverschluss.

Hauke warf einen Blick in die Tasche und meinte, dass da sicher um die 600.000,- Euro drin seinen. Leni sah ihn erstaunt an, wie hatte er das nur wieder gesehen??? Mit einem einzigen Blick???

Sepp fiel ihr ein, der von 600.000,- Euro Lösegeld gesprochen hatte, das die Eltern der armen Johanna den Entführern gezahlt hatten, was für eine große Summe....

Leni nickte und fing an zu erzählen, ganz von vorne in allen Einzelheiten und mit all den Besonderheiten an die sie sich erinnerte. Vom roten Auto am Waldrand, der Tasche und der Pistole, davon dass das Auto einfach verschwunden war. Von der Wohnung vom General und den toten Tieren an der Wand. Vom Einbruch in ihre gemeinsame Wohnung, vom Zucker in der Speisekammer, den goldenen Haaren und dem offenen Fenster. Vom Schuppen beim Huberhof, wohin sie die Tasche gebracht hatte, von dem Mann der sie auf dem Heimweg packen wollte und der nur vom Huberbauern seinem Hufeisen vertrieben worden war. Von der Entführung der jungen Frau Johanna, von der Sepp dann am Abend berichtet hatte und von ihrem Plan die Tasche sicherheitshalber wieder zu holen. Dann erzählte sie noch von dem Mann mit der Pistole und Gustl ihrem Retter.

Hauke wurde immer blasser und blasser. Sein Verstand arbeitete schneller als Leni`s Verstand und auch viel schneller als der, der meisten Leute. Ihm, war klar, dass Leni in ernsthaften Schwierigkeiten steckte, dass es um ihr Leben ging und dass die Gangster auf keinen Fall zögern würden, Leni zu töten um wieder an ihr Geld zu kommen. Sein erster Gedanke war, dass die Tasche wieder aus der Wohnung verschwinden müsse um sicher zu stellen, dass die Entführer hier nicht auftauchen. Er würde Leni nicht beschützen können.

Wenn sie die Tasche zur Polizei bringen?? Nein, das wäre keine gute Idee, denn dann würden die Entführer womöglich Johanna umbringen und er und Leni wären schuld…

Die Tasche musste dorthin wo Leni sie her hatte. Zum Huberbauern in den Schuppen, dort würden die Männer das Geld am ehesten vermuten. Man könnte ihnen ja einen Brief schreiben und ihnen alles erklären. Sich entschuldigen für die Unannehmlichkeiten, sie bitten das Geld zurückzunehmen und Johanna frei zu lassen, damit könnten doch alle zufrieden sein. Sie würden auch sicher niemand etwas verraten, schon gar nicht dem Sepp.

Wenn die Banditen Leni`s Versteck im Schuppen vom Huberbauern gefunden hatten, hatten sie Leni bestimmt beobachtet und würden das immer noch tun. Ein Schauer lief ihm über den Rücken bei der Vorstellung, dass womöglich zwei Verbrecher mit dem Fernglas vor dem Haus standen und Leni ausspionierten. All diese Überlegungen bestärkten ihn noch mehr in seiner Entscheidung, dass die Tasche schnellstmöglich aus der Wohnung verschwinden musste. Wenn er mit Leni am helllichten Tag über den Dorfweg zum Huberbauern ginge, würde sich sicherlich kein Mensch trauen ihnen etwas zu tun. Sie könnten die Tasche abstellen und flugs wieder am Wald zurück nach Hause laufen.

Leni saß, immer noch heftig atmend am Boden im Flur und beobachtete Hauke. Sie konnte nicht einschätzen ob jetzt das größte Donnerwetter aller Zeiten über sie hereinbrechen würde oder ob er eine gute Idee hätte, wie sie aus dem Schlamassel herauskommen würde.

Sie konnte ihm förmlich ansehen wie er nachdachte. Sorgenfalten auf der Stirn und seine fest zusammengepressten Lippen   machten seine Anstrengungen deutlich. Zwischendurch huschte ein Lächeln über seinem Gesicht und Leni hoffte schon auf den entscheidenden Geistesblitz von Hauke.

Doch so schnell wie das Lächeln kam, wich es wieder einer sorgenvoll gekrausten Stirn.

Leni sah trotz allem immer noch hoffnungsvoll Hauke beim Denken zu, bis dieser sein Schweigen brach.

18.

„Leni, die Tasche muss hier weg, schnell!" Sie nickte nur, fragte sich aber, warum sie diese denn dann so mühsam nach Hause geholt hatte und dabei auch noch fast aus Versehen erschossen worden wäre.
Hauke warf noch einmal einen Blick in die Tasche, er nickte, sich selber ermutigend vor sich hin, dann weihte er Leni in seinen Plan ein.

Die hörte ihm schweigend zu und fand seine Idee hervorragend. Wenn sie jedoch einen ganzen Brief schreiben wollten, dann müsste Hauke das tun, sie war nicht so gut im Schreiben. Einfache Sätze brachte sie zustande, wenn man von dem einen oder anderen Rechtschreibfehler absah, aber einen ganzen Brief würde sie niemals schaffen. Hauke konnte gut schreiben, sogar in Hochdeutsch. Gerade das war vielleicht gut, denn sie wussten ja nicht, wo die Verbrecher herkamen. Bayrisch erschien Leni da weniger geeignet.
Als sie Hauke ihre Bedenken wegen des Briefes mitteilte, beruhigte er sie und sagte, dass er schon ganz genau wisse, was er schreiben will.

Leni rannte in ihr Zimmer, holte das schönste Briefpapier, das ihre Mama immer verwendet hatte um an besonderen Anlässen Briefe an Freunde und Bekannte zu schreiben.
Dies war wahrlich auch ein besonderer Anlass.

Gemeinsam setzten sie sich in die Küche, die Tasche stellten sie neben sich auf den Boden. Hauke begann zu schreiben: "Sehr geehrter Herr Verbrecher!" Nein, so konnte er das nicht zu Papier bringen, da würde der Mann sich bestimmt ärgern. Also nahm er ein neues Blatt Papier und begann von vorne: "Sehr geehrter Herr Entführer, hier in der Tasche befindet sich ihr Geld. Wir möchten es ihnen gerne zurückgeben. Wir haben es nicht gezählt, aber wir habe ganz sicher nichts aus der Tasche

genommen. Bitte lassen sie Johanna dafür wieder frei.
Wir werden ganz sicher niemand etwas sagen, schon gar nicht dem Sepp!
Hochachtungsvoll..."

In diesem Moment ging die Wohnungstüre auf und Britta kam in die Küche.
Nach der gestrigen Aufregung wollte sie noch schnell vor dem Frühstück
sehen, ob bei den beiden alles in Ordnung war. Hauke konnte gerade noch
mit einem Fußtritt die Tasche unter den Küchentisch befördern und hoffte,
dass Britta nichts bemerkt hatte. Sie setzte sich zu den beiden an den Tisch.
Hauke hatte den Brief umgedreht, so dass Britta nicht lesen konnte was er
geschrieben hatte. Er war eben wirklich schnell im Denken...
Leni hingegen bekam Schluckauf!!
"Was treibt ihr beiden denn?" wollte Britta wissen.
Hauke antwortete wie aus der Pistole geschossen: "Wir schreiben eine
Einkaufsliste für nächste Woche, damit du das nicht immer machen musst!"
Britta machte große Augen. "Das ist aber ein tolle Idee, vielleicht solltest du
Leni auch etwas schreiben lassen, damit sie in Übung bleibt. Sie drückt sich
vor dem Schreiben ja immer, wie der Teufel vor dem Weihwasser."
Hauke schob Leni den Zettel zu und diese überlegte, was sie denn nur drauf
schreiben könnte. In der Aufregung fiel ihr nur der heruntergefallene Zucker
in der Speisekammer ein, den würden sie sowieso benötigen. Also schrieb
sie auf den Zettel: "Zugger" und war sehr zufrieden mit sich. Noch bevor
Britta auf die Idee kommen konnte sie zu verbessern ging erneut die Türe
auf und Mike kam mit der kleinen Marie auf dem Arm in die Küche.
Nachdem die Kleine gerade lernte sich zu drehen und vorwärts zu robben
hielt sie es meist nicht mehr sehr lange auf dem Arm von irgendjemanden
aus, sie wollte herunter und ihre neu gewonnen Fähigkeiten testen... Mike
setzte die Kleine auf dem Küchenfußboden ab und erkundigte sich nun
ebenfalls, was Hauke und Leni so machten. Unter den Füssen von Mike
hindurch machte sich Marie auf den Weg, immer geradeaus....
Abbiegen gelang ihr noch nicht.
Die Richtung, in welche sie robbte führte sie schnurstracks unter den
Küchentisch!
Gott sei Dank erfasste Hauke das Problem sofort, er reagierte blitzschnell
und beugte sich hinab um Marie unter dem Tisch hervorzuholen, noch ehe

jemand die Tasche entdeckte. Er drehte sie einfach um und sie setzte ihren Weg unbeirrbar fort und robbte davon, noch mal gut gegangen. Hauke hatte jetzt das dringende Bedürfnis sich die Hände zu waschen, dringend! Marie war auf dem schmutzigen Fußboden gekrabbelt, nicht auszudenken, mit welchem Schmutz sie womöglich in Berührung gekommen war. Doch aufstehen und Händewaschen, nein, das Risiko war zu groß, dass doch noch irgendwer einen Blick unter den Tisch werfen würde. So hielt er lieber die Hände verschränkt um nur ja nicht nichts mit seinen, beschmutzten Fingern zu berühren.

Leni wagte kaum zu atmen, nur der Schluckauf sorgte dafür, dass sie nicht erstickte.

Wie sollten sie nur aus dieser Situation wieder heraus kommen.

Da kam ihnen das Schicksal zu Hilfe, das Schicksal zweier reumütiger Sünder...

Frau Bachmeier stand plötzlich ebenfalls in der Küche von Hauke und Leni. In jeder Hand hatte sie das Ohr eines ihrer Söhne. Peter links und Hans rechts. Sie polterte und schimpfte auf die beiden ein, so dass sie schon ganz grün im Gesicht waren. Allerdings war nicht so klar, ob die ungesunde Gesichtsfarbe vom lauten Schimpfen ihrer Mutter oder vom übermäßigen Alkoholkonsum von gestern kam. Der einzige Körperteil welcher deutlich Farbe bekannte war das jeweilige Ohr, das Gerda Bachmeier in der Hand hatte - krebsrot leuchtete es zwischen ihren Fingern hervor.

"So ihr zwei Lackeln - jetzt entschuldigt euch sofort beim Hauke, dass ihr ihm so einen Schrecken eingejagt habt mit eurer Umräumerei!"

Die beiden blickten unheimlich schuldbewusst drein, obwohl sie sich an nichts dergleichen erinnern konnten. Keiner von beiden wusste noch sehr viel vom Vortag. Doch der Mutter zu widersprechen schien heute keine gute Idee zu sein. Leise und fast nicht hörbar flüsterten sie: „Tschuldigung!" Doch das reichte Gerda Bachmeier nicht. Mit einem kräftigen Ruck an den Ohren wurde die Entschuldigung lauter und nach einem erneuten Ruck auch deutlicher: „Tschuldigung Hauke, wir machen das nie wieder!" Jetzt schien die Mutter zufrieden zu sein und ließ die Ohren der beiden Missetäter los.

Die zwei rieben sich die schmerzhaften Körperstellen, wozu neben dem Ohr auch das Hinterteil gehörte. Wahrscheinlich hatte Frau Bachmeier auch dort

einmal fester hingelangt....
Sie bugsierte ihre Söhne aus der Tür und verschwand im Treppenhaus.

Mike und Britta mussten schmunzeln, die Bayern hatten schon besondere
Erziehungsmaßnahmen.
Apropos Erziehung!! Wo war die kleine Marie?? Beide sprangen auf und
rannten ins Treppenhaus. Dort war Marie gerade dabei, sich auf ihrer
schnurgerade verlaufenden Route, der ersten Stufe der Kellertreppe zu
nähern. Mit einem beherzten Griff schnappte sich Mike seine Tochter. Mit
einem Seufzer der Erleichterung schloss er das Kind in die Arme und
fand, dass das genug Aufregung für den frühen Sonntagvormittag war.
Stattdessen war jetzt Zeit für einen ausgedehnten Brunch, Finn würde
bestimmt schon auf sie warten.

Leni und Hauke blieben sprachlos zurück. So viele Menschen an einem
Sonntagmorgen in ihrer Küche, das kam selten vor, höchstens mal an einem
Geburtstag. Beiden war klar, die Tasche musste weg, je schneller, je besser,
wer wusste schon, wer noch alles zur Tür herein schneite.
Hauke lief ins Bad und wusch sich die Hände, heute ging das für seine
Verhältnisse sehr, sehr schnell, anschließend nahm er ein neues Blatt
Papier und begann zu schreiben:
„Lieber Herr Entführer,
hier in der Tasche befindet sich ihr Geld. Ich möchte es ihnen gerne
zurückgeben. Ich habe es nicht gezählt, aber ich habe ganz sicher nichts
aus der Tasche genommen. Bitte lassen sie Johanna dafür wieder frei. Ich
werde auch niemand etwas sagen, schon gar nicht dem Sepp!
Hochachtungsvoll...
Leni "
Leni musste auf Haukes Drängen selber unterschreiben, denn der Mann
kannte ihre Schrift ja schon vom ersten Brief, so war das alles
glaubwürdiger.
Jetzt aber nichts wie los, die Tasche musste wieder in den Schuppen vom
Huber.

19

Leni wollte gerade mit Hauke aus der Tür sausen als ihr Gustl einfiel, Gustl ihr Lebensretter.

Der hatte sich nun wirklich eine Mohrrübe verdient. Schnell stopfte sie noch ein paar Karotten aus dem Kühlschrank in ihre Jackentasche und folgte Hauke ins menschenleere Treppenhaus.

Jeder nahm einen Henkel der Tasche in die Hand und so schlichen sie durch die Hintertüre durch den Garten zum Weg am Waldrand um die Tasche wieder im Schuppen zu verstecken.

Zu zweit war sie auch nur noch halb so schwer und Leni fühlte sich fast ein bisschen beschwingt, so als würde sie einfach nur mit Hauke einen Sonntagspaziergang machen. Hauke hingegen blickte sehr ernst drein und zog Leni mehr oder weniger samt Tasche hinter sich her. Es konnte ihm nicht schnell genug gehen, die unheilbringende Tasche samt Geld wieder los zu werden.

Obwohl es ein wunderschöner Tag und mittlerweile fast elf Uhr Vormittag war trafen sie keinen Menschen. Die Kühe von Martl standen friedlich grasend auf der Weide und hoben nur kurz den Kopf als sie Hauke und Leni sahen. Der Dackel vom Martl lag mitten im Hof und ließ sich die Sonne auf den Bauch scheinen, er nahm keinerlei Notiz von den beiden. Gott sei Dank waren Martl und Hanni nicht zu sehen.

Die beiden beschleunigten ihren Schritt um nur ja nicht doch noch erwischt zu werden. Schnell die kurze Strecke über die Dorfstraße und in den Hof vom Huber gehuscht. Der war mittlerweile beim Stammtisch und würde bestimmt nicht so schnell zurück kommen. Er musste dort ja auch noch mal ausführlich seine Heldentat von gestern erzählen und aufs Polizeirevier sollte er danach wegen seiner Zeugenaussage auch noch kommen.

Leni öffnete die Stalltür und schlüpfte hinein. Hauke folgte ihr und bemühte sich sorgfältig nichts zu berühren. Alles hier im Stall ekelte ihn, der Geruch, die Spinnweben, der Staub und dieses große schmutzige Pferd, das bestimmt Ungeziefer hatte.

Leni konnte das nicht verstehen, für sie gab es keinen schöneren Ort als den Pferdestall mit dem Duft von Gustl, den feinen Staubkörnern die im

Sonnenlicht vor den Fenstern tanzten und dem Geruch nach Heu und Stroh. Hauke wollte sie weiterziehen um möglichst schnell wieder aus dem Stall zu kommen, doch Leni blieb stehen um Gustl seine schwer verdiente Dankeschön Mohrrübe zu füttern.

Gustl kaute genüsslich und Leni streichelt dabei seine weiche Nase, sie flüsterte ihm lauter Nettigkeiten ins Ohr. Hauke schüttelte es, das war zu viel für ihn. Wenn er Leni anschließend womöglich die Hand geben müsste, Igitt - Igitt.

Leni lief nun in Richtung der Hintertür des Stalles durch die sie mussten, wenn sie zum Schuppen wollten, schnell schob Hauke sie vor sich, damit er die Türe nicht anfassen musste.

Leni schlich hinaus, dicht gefolgt von Hauke, der sich an sie presste um nicht die Türe oder die Stallwand versehentlich zu berühren. Wenn er gewusst hätte, was als nächstes geschehen würde, wäre die schmutzige Stallwand sein geringstes Problem gewesen.

Der Mann mit der Platzwunde am Kopf, der Schussverletzung am Bein und der schmerzhaften Rippenprellung von Gustls Tritt war zurückgekommen als er aus der Ferne beobachtete wie der Huberbauer den Hof verließ. Er wollte sich seine Tasche zu zurückholen. Als er sie nicht finden konnte, hatte er sofort Leni in Verdacht. Sie hatte sie bestimmt wieder mitgenommen. Er würde ihr wohl oder übel noch einmal einen Besuch abstatten müssen. Dieser würde aber nicht mehr so glimpflich verlaufen wie beim letzten Mal.

Aus dem Schuppen kommend hörte er Leni, wie sie liebevoll zu Gustl sprach.

Mit so viel Glück hätte er gar nicht gerechnet, dass diese Göre wieder zurückkommen würde, war eine Fügung des Schicksals. Schnell sah er sich um, womit er das Mädchen einfangen könnte und sah einige Leinensäcke die an der Außenseite der Stalltüre zum Lüften hingen. So ein Sack wäre perfekt, er würde ihn ihr einfach über den Kopf werfen. Er könnte sie, ohne dass sie die Möglichkeit hätte sich zu wehren oder ihn zu erkennen, fesseln und mitnehmen. Der Plan schien ihm perfekt, in diesem Moment ging auch schon die Stalltüre auf. Er hob die Hände mit dem Sack, bereit ihn Leni überzustülpen, er hatte nicht damit gerechnet, dass sie nicht alleine sein würde. Es kam ihm zugute, das Hauke förmlich an Leni klebte, so dass er kurzerhand zwei Fliegen mit einer Klappe schlug. Mit einem kräftigen Ruck stülpte er den Sack über beide gleichzeitig und band ihn unten so gut es ging zu.

Leni und Hauke kamen ins Straucheln und stürzten gemeinsam zu Boden. Leni stieß einen kurzen spitzen Schrei aus, Hauke der unter ihr zu Liegen gekommen war machte gar kein Geräusch. Er hatte Staub im Gesicht, an den Händen, in der Nase, einfach überall. Das raubte ihm den Atem, viel mehr als Leni`s Gewicht auf seiner Brust. Der Sack roch nach muffigem Heu oder Stroh und er konnte sich nicht bewegen. Das war der pure Albtraum, Hauke war im wahrsten Sinne des Wortes wie gelähmt.

Leni, auf ihm liegend bekam Schluckauf!!

Aus dem Schatten des Schuppens trat ein Mann, ein wahrer Hüne. Es war der zweite Entführer, den bisher noch nie jemand aus der Nähe gesehen hatte, meist saß er nämlich hinter dem Steuer des roten Autos. Ehe sich Leni und Hauke versahen wurden sie ruckartig auf die Beine gestellt, der riesige Mann hob sie mit einer Leichtigkeit in die Höhe und stellte sie wieder ab. Er bückte sich, um an die Tasche, auf die die beiden gefallen waren, zu kommen. Er öffnete den Reißverschluss und warf einen Blick hinein. Das Geld war noch da und schien unangetastet zu sein. Oben auf lag ein Brief in einem Kuvert mit lila Libellen. Sorgfältig zugeklebt, er öffnete ihn und las was Hauke in seiner feinsten akkuratesten Handschrift für ihn geschrieben hatte.

„Lieber Herr Entführer,
hier in der Tasche befindet sich ihr Geld. Ich möchte es ihnen gerne zurückgeben. Ich habe es nicht gezählt, aber ich habe ganz sicher nichts aus der Tasche genommen. Bitte lassen sie Johanna dafür wieder frei. Ich werde auch niemand etwas sagen, schon gar nicht dem Sepp!
Hochachtungsvoll...
Leni "

„Lieber Herr Entführer.....!"
Er musste schmunzeln, die Kleine traute sich was.

Er hatte zwar keine Ahnung wer der Sepp war, aber dass sie zu niemand etwas sagen würden, das bezweifelte er. Er konnte die beiden auf keinen Fall laufen lassen.

20.

Der Hüne deutete seinem Kollegen an, ihm einen zweiten Sack zu reichen. Schnell und ohne, dass Leni oder Hauke wussten wie ihnen geschah, zog er den Sack von ihren Köpfen um ihn im Handumdrehen wieder über Leni zu stülpen. Der Mann mit der Platzwunde band den Sack unten wieder so fest es ging zu, so dass Leni bis zur Hälfte ihrer Beinen im Sack gefangen war. Der Hüne schubste sie ein wenig an und sie plumpste auf ihren Allerwertesten. So wie sie gefallen war blieb sie sitzen und hickste vor sich hin.
Der Hüne nahm den zweiten Sack und wollte ihn gerade über Hauke stülpen als er bemerkte wie Hauke dastand. Augen und Mund fest zugekniffen, die Hände in den Hosentaschen verborgen, Wort- und regungslos stand er da. Wie eine Statue. Der Hüne tippte Hauke auf die Brust: "He du, was ist denn mit dir los?" Doch Hauke bewegte sich nicht, er blinzelte nicht einmal. „Ach was soll!" meinte der Riese, stopfte Hauke in den Sack und befahl seinem Kompagnon auch diesen unten fest zu verschließen. Hauke bewegte sich immer noch nicht.

Die beiden Männer standen nun vor dem Problem, wie sie Hauke und Leni und auch die Tasche mit dem Lösegeld von hier wegbringen sollten. Zu Fuß war dies nicht möglich.
Es blieb ihnen nur, das Auto zu holen und die beiden über den Waldweg in ihr Versteck zu bringen. Dort angekommen könnten sie sich in Ruhe Gedanken machen, wie es weitergehen sollte.
Dieses Mal musste der Mann mit Platz - Schuss - und Rippenverletzung das Auto holen, der riesige Kerl blieb bei Leni und Hauke um auf sie aufzupassen.

Was aber sicherlich nicht nötig gewesen wäre. Hauke stand unbewegt an derselben Stelle, nur das Heben und Senken seiner Schulter ließ erkennen, dass er noch atmete.

Leni saß mit unaufhörlichem Schluckauf am Boden und zitterte so sehr, dass der ganze Sack bebte.

Als der Hüne das Auto am Waldrand auf sich zukommen sah, hob er Leni in die Höhe und stellte sie auf ihre Beine. Er packte sie mit einem festen Griff im Nacken. Mit der anderen Hand griff er nach Hauke. Kein bisschen locker lassend schubste er die beiden mehr oder weniger in Richtung des Autos, das nun neben dem Schuppen zum Stehen kam. Mit Hilfe des anderen Mannes bugsierte er beide auf den Rücksitz. Er versicherte sich, dass die Türen mit einer Kindersicherung verriegelt waren, so dass die beiden auf keinen Fall unerwartet aussteigen konnten. Er schloss die Türen und ließ sich auf dem Beifahrersitz nieder. Durch sein Gewicht gaben die Federn des Golfs mit einem Seufzen nach. Er musste wirklich schwer sein, dachte Hauke. Er war aus seiner Schockstarre erwacht und begann fieberhaft zu denken.

21.

Leni und Hauke konnten nicht sehen wohin die Fahrt ging, aber sie wurden ordentlich durchgeschüttelt. Wie in der Achterbahn dachte sich Leni und musste daraufhin ein bisschen grinsen, doch sofort fiel ihr wieder ein, dass sie sich in großer Gefahr befanden und das Lächeln in ihrem Gesicht erstarb. Sie hatte Hauke und sich in Lebensgefahr gebracht. Hauke, der ihr doch nur helfen wollte. Leni begann zu weinen, ganz leise, kaum hörbar. Hauke aber, der neben ihr saß bemerkte es. Er versuchte mit seiner Hand durch den Sack hindurch Leni zu berühren und zu trösten. Er beugte sich dafür etwas in ihre Richtung, in diesem Moment führ das Auto über eine Wurzel, einen Baum oder ähnliches. Alle wurden kräftig durchgeschüttelt, Leni und Hauke stießen mit den Köpfen zusammen. Der Hüne stieß sich den Kopf am Dach des Autos. "Pass halt auf du Trottel!" schrie er den anderen Mann an: „Schau halt wo du hin fährst!"

Das war das erste Mal, dass Leni und Hauke seine Stimme hörten. Sie war tief und fest und er sprach in einem komischen Dialekt. „Ch ch ch" rollte er bei jedem Wort tief in der Kehle. Leni wusste nicht, was sie davon halten sollte.

Hauke begann, als er sich wieder gefangen hatte an, die geschehenen Dinge in seinem Verstand zu ordnen und versuchte sich einen Reim darauf zu machen. Er hatte vergessen, Leni zu trösten, er musste nachdenken. Dieser Dialekt kam ihm bekannt vor, wo hatte er ihn schon einmal gehört? Plötzlich wusste er es, Kufstein in Tirol!! Er war mit seinen Eltern dort in Urlaub gewesen und die Tiroler hatten so geredet, mit „ch ch ch" - tief in der Kehle. Er fand das als Kind schon immer sehr lustig und es war ihm immer noch unerklärlich, wie man so sprechen konnte.

Hauke dachte, dass er sich alles merken musste was ihm jetzt auffiel, damit er später Sepp davon berichten konnte. Wenn es jemals ein später gab...

Da war er wieder der Geruch von muffigem Stroh oder Heu, der Staub der ihn in der Nase, dem Mund und in den Augen juckte und Hauke verfiel wieder in seine Schockstarre. Das war alles zu viel für ihn.

Sie fuhren einige Zeit durch, anscheinend sehr unwegsames Gelände, sie wurden ordentlich durchgeschüttelt und der riesige Mann schimpfte noch mehrmals über die Fahrweise des anderen. Leni wurde hin und her geschaukelt und ihr war mittlerweile furchtbar schlecht. Sie konnte ja nichts sehen durch den Sack. Wenn sie sonst mit dem Auto mitfahren musste, durfte sie immer vorne sitzen, weil sie sich hinten schon öfter hatte übergeben müssen, doch das schien hier niemand zu interessieren. Kurz bevor Leni sich erbrechen musste, blieb das Auto plötzlich ruckartig stehen. Die beiden Männer stiegen aus. Mit einem metallenen Quietschen dehnten sich die Federn wieder aus und das Auto schien um zehn Zentimeter höher zu werden.

An beiden Seiten wurden die hinteren Türen geöffnet und Leni und Hauke wurden unsanft herausgezogen. Hauke war immer noch bewegungsunfähig und ließ alles über sich ergehen.

Leni hingegen beschwerte sich über die rabiate Art des Hünen mit einem: "Aua, du tust mir weh!" wurde aber sofort unsanft vorwärts gestoßen und beschloss lieber nichts mehr zu sagen.

Sie hörte wie jemand ein Schloss, oder eine Kette öffnete, mit lautem Scheppern fiel diese zu Boden. Knarrend wurde eine Türe geöffnet. Leni und Hauke wurden in einen dunklen Raum geschoben. Noch ehe sie sich weitere Gedanken machen konnte fiel laut knarrend die Türe wieder zu und jemand legte Kette und das Schloss wieder davor. Leni hörte, wie das Auto davon fuhr.

Es war nichts zu hören oder zu sehen. Da war er wieder, der Schluckauf, das einzige Geräusch in dieser unheimlichen Stille. Gleichmäßig und stetig war das Hicksen von Leni zu hören, doch dieses vertraute Geräusch holte Hauke nun aus seiner Starre.

22.

"Leni?" "Geht es dir gut?" fragte Hauke in die Dunkelheit. Leni nickte und dachte nicht darüber nach, dass Hauke das gar nicht sehen konnte. "Ich hab Angst!" flüsterte sie. "Wo sind wir?"

Hauke hatte auch keinerlei Vorstellung wohin die Fahrt gegangen war, er hatte die letzte halbe Stunde wie in Trance verbracht. "Leni, wir müssen aus dem Sack raus! Dann können wir weitersehen!" Der Sack, muffig nach Heu und Stroh riechend, staubig, Hauke schloss die Augen, er konnte sowieso nichts erkennen und er schloss auch gleich wieder den Mund, nicht dass sich ein Staubkorn darin verirrte. Wenn nur dieser Gestank nicht wäre - er konnte sich noch nicht mal die Nase zuhalten, seine Hände steckten immer noch in den Hosentaschen. Im Sack war es zu eng um sie heraus zu bekommen.

Lenis Schienbein schmerzte. Als der Hüne sie aus dem Auto gezerrt hatte, hatte sie sich an der Türe gestoßen. Sie versuchte mit der Hand die schmerzende Stelle zu berühren und bemerkte dabei, dass sie unten aus dem Sack hinausgreifen konnte.

Sie spürte das Band, das um ihre Beine verschlossen war und sie fand den Knoten. Der war doppelt oder dreifach, sie spürte nur, dass er sehr fest war. Das würde schwierig werden, aber sie hatte ja Zeit und geschickte Finger.

Sie half Hauke schließlich auch immer mit den Schuhbändern der Haferlschuhe und konnte das richtig gut. Sie befühlte den Knoten und begann vorsichtig ihn immer weiter zu lockern. Sie war so vertieft in ihr Tun, dass sie nicht hörte, dass hinter ihr etwas raschelte. Hauke jedoch war sofort hellwach und lauschte gespannt in die Dunkelheit. "Ist da wer?" fragte er, trotz Angst, dass ihm Schmutz in den Mund fallen könnte. "Ist da wer?" Er lauschte und lauschte, aber das Rascheln war verstummt.

Womöglich waren es nur Tiere, Mäuse oder Ratten... Ratten!! Er sprang voller Panik kurz in die Luft und quiekte vor Schreck bei der Vorstellung, in einem Raum mit einem mausähnlichen Tier zu sein. Leni erschrak sich so sehr, dass sie den Knoten aus der Hand verlor und ebenfalls zu schreien begann. Zwei Menschen in Säcken steckend schrien lauthals los, ohne jeweils voneinander zu wissen warum. Leni hörte als erste auf und brüllte Hauke an: "Was schreist du so? Tut dir jemand etwas an? Ist da wer? Siehst du was?"

Hauke brüllte nun zurück:" Mäuse, Ratten, Tiere!!!! Igitt, Igitt!"

So schnell wie Leni begonnen hatte mit Hauke zu schreien, so schnell hörte sie nun auf und bekam ein verträumtes Lächeln unter ihrem Sack. Mäuse! Mäuse waren so niedlich und hatten ganz weiches kuscheliges Fell und Kulleraugen. Sie liebte Mäuse! Ratten, na ja Ratten waren halt Mäuse in groß, auch wenn ihr Schwanz nicht so hübsch anzusehen war, aber ihre Nasen und ihr Augen waren genauso lieb wie die der Mäuse. Also solange nur Nagetiere hier mit ihnen im Raum waren gab es für Leni keinen Grund sich zu fürchten.

Sie tastete sich wieder mit den Händen nach unten und begann weiter an ihrem Knoten zu puzzeln.

Hauke hingegen bewegte sich nun überhaupt nicht mehr, er öffnete weder Augen noch Mund und wünschte sich Watte für seine Ohren. Wer weiß, wohin Ratten und Mäuse überall krochen.

Jetzt hörte Leni es auch, hinter ihr raschelte es. Sie schnalzte mit der Zunge und rief: „Mausi, Mausi, komm doch her.... Komm ich mag dich ein bisschen streicheln und du könntest mir Gesellschaft leisten bis ich diesen verflixten Knoten aufbekomme..."

Hauke traute seinen Ohren nicht, war Leni verrückt, die Maus auch noch zu locken, er musste aus diesem verdammten Sack, er musste sich in Sicherheit bringen, unbedingt, sofort!
Doch, was hatte Leni noch gesagt, bis sie den Knoten offen hätte, von welchem Knoten sprach sie?
"Leni, was machst du?" fragte er in die Dunkelheit.
"Ich versuche den Sack aufzubekommen, da unten sind Knoten, einen davon habe ich schon aufbekommen!"

"Leni, bitte mach weiter, hol uns da raus, wenn du erst aus deinem Sack kommst, kannst du meinen auch gleich aufmachen!" Flehte Hauke in brünstig. Er sah die Ratte vor seinem geistigen Auge vor seinem Sack sitzen und er ekelte sich so sehr, dass er Leni anfeuerte: "Mach den Knoten auf, mach den Knoten auf, mach den Knoten auf, mach den Knoten auf!!"

Leni, genervt von den lauten Rufen hatte den Knoten aus der Hand verloren und schimpfte mit Hauke. "Hör sofort auf, ich muss mich konzentrieren, sei leise!"
Hauke verstummte, da war es wieder das Rascheln, ihm stockte der Atem. Allein dieses Geräusch reichte, dass er mit den Anfeuerungsrufen aufhörte, er hielt die Luft an. Er versuchte zu erkennen aus welcher Richtung das Rascheln kam um auf alle Eventualitäten vorbereitet zu sein.
Das Rascheln wurde lauter, es klang nicht nach einer kleinen Maus, schon eher nach einer riesigen Ratte, einer sehr, sehr riesigen Ratte, die auf die beiden zu kroch.

"Leni, hörst du das?" Leni, die wieder angefangen hatte ihren Knoten zu bearbeiten lauschte nun auch in die Dunkelheit.

23.

"Könnt ihr mir helfen?" flüsterte plötzlich jemand mit ganz zarter Stimme hinter den beiden.
Leni verlor vor Schreck den Knoten erneut aus der Hand und Hauke blieb,

trotz Staub, Schmutz und möglichen Ratten unter seinem Sack der Mund offen stehen.

Leni fasste sich als erstes wieder und fragte: "Wer bist du?"
"Johanna" flüsterte jemand aus dem Hintergrund.
Diese Mal arbeitete Lenis Verstand schneller als Haukes: „Bist du die Johanna, die von den beiden Männer entführt wurde?"
„Ja!" antwortete Johanna aus dem Dunkel: „Könnt ihr mir helfen?"
Da Leni immer noch in ihrem Sack steckte konnte sie Johanna nicht sehen und wusste nicht, dass Johannas Hände und Füße gefesselt waren und sie die Augen mit einer Binde verschlossen hatte. Das Klebeband über ihrem Mund war verrutscht, Schmutz und Heu-Reste klebten daran, aber immerhin konnte sie so sprechen.
Leni sagte: "Kannst du uns aus dem Sack helfen, dann helfen wir dir?"
"Ich bin gefesselt!" entgegnete Johanna traurig.
Hauke, der immer noch völlig erstarrt war vor lauter Schreck hatte den beiden zugehört und meldete sich nun auch zu Wort und rief laut und ungeduldig: „Leni, mach den Knoten auf, mach den Knoten auf, mach den Knoten auf, mach den Knoten auf!!!!" Johanna fiel in seine Anfeuerungsrufe mit ein, so gut es mit dem verrutschten Klebeband eben ging, obwohl sie sich nicht erklären konnte, welchen Knoten Hauke meinte, aber dieser schien der Knoten zur Freiheit zu sein.
Leni tastete sich wieder nach unten und griff nach dem Knoten, jetzt freute sie sich über die Anfeuerung und fingerte und puzzelte an den Knoten herum, einer war schon auf, den zweiten und jetzt noch einen, geschafft.
Leni zog an der Schnur und diese gab tatsächlich nach. Sie konnte den Sack unten herum öffnen und schob ihn nun vorsichtig nach oben.
Sie konnte kaum mehr erkennen als unter dem Sack, so sehr sie ihre Augen auch anstrengte. Der Raum war völlig dunkel, so erschien es ihr. Es dauert eine Weile bis sich ihre Augen an das spärliche Licht gewöhnt hatten, dann erkannte sie, dass es eine alte Hütte sein musste.
Sie bemerkte, dass sie mit den Füssen auf der blanken Erde stand, es gab keinen Fußboden. Es roch noch muffiger und verfaulter als unter dem Sack, Hauke würde nicht begeistert sein wenn er das roch und es war schmutzig, sehr schmutzig.

Durch kleine Spalten im Dach schimmerte ein wenig Licht herein, so dass Leni nun Umrisse wahrnehmen konnte. In einer Ecke des Raumes schien ein altes Sofa zu stehen, es gab einen Tisch und ein Bank, daneben stand ein windschiefes Küchenbüffet. Wer mochte hier wohl gewohnt haben? Sie sah sich weiter um und da war er, der zweite Sack, Hauke stand in seinem Sack immer noch an derselben Stelle, an der ihn der Entführer abgestellt hatte. Er hatte sich, was Leni natürlich nicht wissen konnte, bis auf seinen Hüpfer von vorhin noch kein bisschen bewegt. Leni eilte zu ihm und bückte sich. Sie suchte nach dem Knoten um auch Hauke zu befreien, doch dies war deutlich schwieriger als bei ihrem Sack. Haukes Sack hatte eine Kordel zum Zubinden und der Knoten war so fest angezogen, so dass Leni all ihre Geschicklichkeit aufbieten musste um ihn zu öffnen. Während sie versuchte Hauke zu befreien blickte sie sich suchend im Raum um. Wo war Johanna? Wie lange war sie wohl schon hier eingesperrt? Hatte sie Angst? War sie verletzt?

Sie entdeckte Johanna im Halbdunkel auf dem zerschlissenen Sofa sitzend, beim ersten Umsehen hatte sie diese gar nicht bemerkt, da sich ihre Augen erst an das wenige Licht gewöhnen mussten. Johanna war an Händen und Füssen gefesselt, hatte eine Art Kapuze über den Augen. Über den Mund war ein, mit Heu oder Stroh verschmutztes Klebeband befestigt. Ob sie verletzt war konnte Leni nicht erkennen.

In diesem Moment fiel Leni ihr Schienbein wieder ein und sie bemerkte, dass sich eine blutige Kruste gebildet hatte. So ein gemeiner Kerl, dachte sie im Stillen.

Plötzlich ging alles ganz leicht und der Knoten war auf. Sie zog am Sack und versuchte ihn Hauke über den Kopf zu ziehen, doch Hauke war größer als sie und sie kam nicht über seine Schultern hinaus. „Hauke, jetzt hilf halt mit!" doch Hauke stand, die Hände in den Hosentaschen, die Augen und den Mund fest zusammengepresst bewegungslos da und zeigte keinerlei Reaktion. Leni mühte sich noch ein paar Mal, aber selbst mit Hüpfen schaffte sie es nicht Hauke von dem Sack zu befreien. Sie beschloss, erst Johanna los zu machen und dann mit ihr gemeinsam Hauke zu helfen.

Johanna, nur mit BH, einer dünnen Strickjacke und einem Sommerrock bekleidet, kauerte auf dem alten schmutzigen Sofa. Sie war ein Bild des Elends. Leni eilte zu ihr und nahm ihr als erstes die Augenbinde ab und zog ihr dann vorsichtig das schmutzige Klebeband über den Kopf. Als sie sich in die Augen sahen begann Johanna zu weinen. „Danke, Danke!" stammelte sie immer wieder. Erst nach einigen Augenblicken schienen sich auch Johannas Augen an das spärliche Licht gewöhnt zu haben und sie erkannte die Behinderung von Leni, sofort sank ihre Hoffnung wieder.

Wie sollte eine behinderte junge Frau ihr aus dieser misslichen Lage helfen, wenn nicht einmal die Polizei sie finden konnte. Johanna begann nun lauthals zu schluchzen. All die Ängste der letzten Tage brachen aus ihr heraus. Sie weinte und weinte und weinte.

Wenn Leni etwas besonders gut konnte, dann war das Trösten. Sie setzte sich neben Johanna auf das Sofa, nahm sie in den Arm und schaukelte sie. Sie wiegte sie, wie sie sonst ihre Puppen wiegte. Ganz leise begann sie zu singen, ein Kinderlied das ihre Mama immer für sie gesungen hatte. "Heile, heile Gänschen, ist bald wieder gut, Kätzchen hat ein Schwänzchen, ist bald wieder gut!" Leni sang mit solcher Inbrunst, dass Johanna aufhörte zu weinen und Leni ansah, vielleicht würde ja doch alles gut werden.

Leni bemerkte, dass Johanna aufgehört hatte zu weinen und sah sie nun ebenfalls aufmerksam an. Jetzt wird alles gut, dachte nun auch sie.

Beide sahen gleichzeitig zu Hauke, da Bild, das sich ihnen bot führte dazu, dass sie beide zur gleichen Zeit in schallendes Gelächter ausbrachen. Hauke stand immer noch an derselben Stelle, die Hände in den Hosentaschen, die Augen und den Mund fest zusammengekniffen mit dem Sack auf seinen Schultern. Er sah ein wenig aus wie eine Stehlampe. Johanna und Leni lachten, als gäbe es kein Morgen mehr.

Plötzlich kam Leben in die Stehlampe, Hauke riss sich den Sack vom Kopf und schaute sich verärgert um. Schmutz, Gestank und ein Fußboden aus Erde. Spinnweben, Mäuse, Ratten und wer weiß, was es hier noch alles für Ungeziefer gab. Er konnte nicht verstehen, was die beiden zu lachen hatten.

Langsam beruhigten sich Leni und Johanna wieder. Leni betrachtete die Fesseln an Johannas Armen und Beinen. Das würde schwierig werden, es gab keine Knoten zum auf puzzeln, es war silbriges Klebeband, das x-Mal um die Hand und Fußgelenke gewickelt war. Man konnte es nicht zerreißen. Vielleicht könnte man es durchbeißen. Leni beugte sich über die Arme von

Johanna. Puh das funktionierte überhaupt nicht, wenn sie nicht Johannas
Arm wie einen Hühnerbein mit abnagen wollte.
Jetzt schaltete sich Hauke ein. "Rutsch Leni, ich habe ein Taschenmesser
von meinem Papa dabei, damit geht es sicher."
Er zog, zu Leni`s Überraschung ein Hirschhorn-Taschenmesser mit den
Initialen seines Vaters aus der Hosentasche. Ganz vorsichtig durchschnitt er
erst die Fesseln an Johannas Beinen und dann befreite er ihre Hände.
Johanna rieb sich über die schmerzhaften Gelenke und sah Hauke dankbar
an. "Entschuldige, dass wir gelacht haben, aber ich glaube wir haben alle
drei einen Schock - ich bin Johanna und wer bist du?" Hauke stellte sich als
Leni`s Mitbewohner und Freund vor. Leni stellte sich nun auch ganz offiziell
vor.
Zu dritt saßen sie ratlos auf dem schmutzigen, Sofa in einer Hütte oder
einem Haus mit Fußboden aus Erde und kaputten Möbeln. Sie saßen
schweigend da und überlegten was zu tun sei.

24.

Da Leni noch nie lange den Mund halten konnte begann sie als erstes zu
sprechen.
Sie wollte von Johanna wissen, wieso sie gekidnappt wurde, ob sie denn
sooo reich sei. Johanna lachte und verneinte. Viel Geld hatte ihre Familie
noch nie besessen, beide Eltern waren Lehrer und Johanna studierte in
München Deutsch und Mathematik. Auch sie wollte später Lehrerin werden.

Sie begann zu erzählen was in den letzten Tagen geschehen war.

Johanna war am Mittwochabend von München an den Chiemsee
gekommen um ein paar Tage Urlaub zu machen.
Sie wollte bereits zum dritten Mal das Musikfestival besuchen, das immer
von Donnerstag bis Sonntag am Chiemsee stattfand. Sie hatte sich so
darauf gefreut. Jedes Jahr im Sommer kamen junge Menschen aus ganz
Deutschland zu diesem Festival. Egal wie das Wetter spielte, es wurde

getanzt und gefeiert, selbst im Schlamm versunken hatten die Fans noch ihren Spaß. Viele Bands hatten sich angekündigt, sogar eine Band namens Johanna - Maier - Band trat auf. Besonders auf diese Band war Johanna neugierig, eine Band mit ihrem Namen, das erschien ihr sehr spannend.

Leni musste schmunzeln: „Du hast eine eigene Band?"

Johanna schüttelte mit dem Kopf und klärte Leni über die andere, „Die reiche Johanna" wie sie diese nannte auf.

Johanna Maier, war eine reiche Bankiers-Tochter aus Kufstein, sie war ebenfalls auf dem Weg an den Chiemsee. Sie machte außer Schmuck - und Modedesign so nebenbei auch noch Musik. Keine besonders gute Musik, aber berühmte Namen öffnen bekanntlich Türen. Man hatte schon im Vorfeld des Festivals getuschelt, ihr Papa kannte den Direktor der Bank vom Chiemsee, der wiederum kannte den Veranstalter des Festivals sowie einige der hiesigen Sponsoren und schon erhielt Johanna eine Einladung dort aufzutreten.

Johanna Maier. Maier, ein Name den es so oft gab, so leicht zu verwechseln.

Hauke und Leni lauschten gespannt Johannas weiteren Erzählungen.

Johanna besuchte das Festival wie gesagt bereits zum dritten Mal, doch dieses Jahr wollte sie nicht auf dem Festival-Platz im Zelt schlafen wie die letzten zwei Mal. Sie hatte gespart und sich für ein Hotel im Nachbarort entschieden

Sie war alleine aus München angereist mit ihrem roten Golf. Sie kam im Hotel Seeblick an und stellte sich als Johanna Maier vor die telefonisch reserviert hatte.
Sie hatte nur eine kleine Reisetasche dabei, über der Schulter einen roten Regenmantel und in der Hand giftgrüne Gummistiefel für alle Fälle. Die nette Dame im Dirndl die am Empfang stand schaute in ihr dickes Buch und

übergab Johanna dann überfreundlich den Schlüssel zur Chiemsee-Suite. „Ist das kein Irrtum?" fragte Johanna unsicher, „Nein, nein" sagte die Dame an der Rezeption überfreundlich: „Wenn es ihnen zu klein ist, dann kommen sie wieder und wir buchen noch ein Zimmer dazu...!"
Johanna wunderte sich, eine Suite... Das war ja mal ein Aufstieg! Vom Festivalbesuch im Zeltlager direkt in eine Suite im Hotel Seeblick. So teuer war das Zimmer bei der Buchung doch gar nicht gewesen. Sie schloss die Tür auf und ließ sich auf das riesige Boxspring-Bett fallen. Welch ein Zimmer, nein was eine Suite!! Neben dem Bett standen frische Blumen, eine Flasche Sekt und eine Obstschale. Es gab ein großes Sofa und einen riesigen Flachbild Fernseher. Das würden ja tolle Tage werden, sie hatte sich nicht umsonst so darauf gefreut. Welch ein Luxus!!! Sie schaute auf den Balkon und warf einen Blick auf den Chiemsee. Nur wenige Segelschiffe waren heute auf dem See unterwegs. Es ging kaum Wind, vielleicht war das ja eine gute Prognose endlich mal ein trockenes Festival zu erleben.

Johanna zog sich eine dünne Jacke über ihr rosa T-Shirt. Sie wollte sich vor den ersten Konzerten am Abend im Dorf umsehen und vielleicht noch ein paar typische Chiemsee-Souvenirs für ihre Eltern besorgen. Schließlich hatte der Papa mit einem kleinen Zuschuss die Hotelübernachtung erst möglich gemacht. Johanna packte ihre kunterbunte Handtasche und verließ fröhlich ihre königliche Unterkunft.
Zum Hotel gehörte ein kleiner Parkplatz hinter dem Haus, beschattet von großen Kastanien und umzäunt von einer mannshohen Hecke. Johanna lief zu ihrem Auto, das sie vor dem Hotel stehen gelassen hatte. Sie wollte es noch schnell dort parken, denn sie würde es die nächsten Tage nicht brauchen. Von hier aus fuhren Shuttle-Busse zum Festival, wie fast in allen umliegenden Dörfern. Die Anwohner hatten schnell gelernt, sich mit den Musikfans zu arrangieren.

25.

Johanna stieg ins Auto und fuhr auf den Parkplatz hinter das Hotel. Gerade als sie aussteigen wollte sprang plötzlich ein Mann auf der Beifahrer Seite ins Auto, die Fahrertüre wurde ebenfalls aufgerissen und ein riesiger Mann schubste sie auf die Mittelkonsole. Er drückte aufs Gaspedal und raste, Johanna zwischen sich und dem anderen Mann eingeklemmt davon. Ehe sich Johanna versah hatte der kleinere der beiden Männer ihr die Augen mit einem Tuch verbunden und ihr die Hände auf den Rücken gefesselt. Sie konnte nur hilflos versuchen, sich halbwegs aufrecht zu halten, denn das Auto schlingerte durch die engen Straßen des Dorfes und sie fiel von links nach rechts und stieß sich den Kopf, die Hüfte und sonst noch einige Körperteile. Mit einem Ruck riss der Fahrer plötzlich das Auto herum und blieb stehen. Er schubste Johanna mit Leichtigkeit auf den Rücksitz, dort fesselte er ihr auch noch die Fußgelenke und klebte ihr den Mund mit Klebeband zu. Johanna, lag nun hilf - und wehrlos, verschnürt wie ein Paket auf dem Rücksitz.

Leni litt mit Johanna, sie musste daran denken, wie hilflos sie sich mit dem Sack auf dem Kopf gefühlt hatte und wie übel ihr gewesen war. Die arme Johanna.

Johanna erzählte weiter und weiter. Plötzlich schien sie sich auch an Einzelheiten zu erinnern, die ihr vorher gar nicht aufgefallen waren. Ihr fiel ein, dass die beiden Männer Tiroler Dialekt gesprochen hatten und einer der Männer einen ganz besonderen Duft verströmte.

Sie erinnerte sich, dass die Fahrt dann eine Zeitlang über die Autobahn ging, zumindest vermutete sie das. Die Männer blieben auf einem Parkplatz stehen und unterhielten sich, ob dieser Platz geeignet wäre für die Lösegeld - Übergabe. „Zu und Abfahrt des Parkplatzes waren zweispurig, das erleichterte im Notfall die Flucht!" brummelte der Dünne. Die tiefe Stimme, die sicher dem Riesen gehörte, flüsterte: „Dann lass uns jetzt anrufen, sofort!"
„Nicht hier!" sagte der Dünne, „Wenn sie jemand erkennt sind wir geliefert, wir müssen sie irgendwo zwischen parken!" Das Auto fuhr wieder an und Johanna wurde zurück in die Polster gedrückt so sehr beschleunigte der

Fahrer ihr Auto. Sie hatte gar nicht gewusst, dass es so schnell fahren konnte. Vielleicht kam es ihr aber auch nur so vor mit verbundenen Augen und ohne jegliche Orientierung.

Das Auto verließ anscheinend die Autobahn, die Straße wurde wieder kurviger. Das Auto verlangsamte sein Tempo und fuhr auf einen Feldweg oder ähnliches. Johanna erzählte, dass es furchtbar gerumpelt hat und sie immer nur so herum gerollt sei. Einmal sei das Auto über ein besonders dickes Hindernis gehopst, da wäre sie fast in den Fußraum gefallen.

Auf einmal blieb das Auto stehen. Die Männer holten sie und ihre Tasche aus dem Auto.

Sie zwangen sie, vorwärts zu gehen, obwohl ihre Füße gefesselt waren. Sie musste hüpfen.

Sie hörte, wie jemand eine Kette aufschloss und diese zu Boden fiel, dann schubste sie jemand in einen muffigen stinkenden feuchten Raum. Was Johanna damals noch nicht wusste, dass dies ihr Gefängnis für die nächsten Tage werden sollte.

Der Mann mit der tiefen Stimme fragte sie, wo ihr Handy sei, aber Johanna konnte ja nicht antworten, da ihr Mund verklebt war. Der Dünne riss ihr das Klebeband vom Mund und schrie sie an: „Wo!" Sie flüsterte: „In meiner Handtasche im Innenfach." „Wie lautet die Telefonnummer deines Vaters?" Der riesige Mann vom Fahrersitz stand bedrohlich nahe vor ihr, sie konnte ihn nicht sehen, aber sie spürte seinen Atem in ihrem Gesicht. „Die steht unter Papps im Handy" erwiderte sie unsicher. "Was wollt ihr von meinem Vater?"

Der Dünne lachte verschlagen und sagte: „Der will was von uns, seine Prinzessin zurück, mal sehen was du ihm wert bist!"

Er schnappte sich das Handy und verschwand mit dem Riesen nach draußen. Sie hörte sie telefonieren. Sie hatte Angst, riesige Angst, denn erst jetzt wurde ihr klar, was hier überhaupt geschehen war, sie war entführt worden, entführt und die Männer wollten Lösegeld.

Von ihren Eltern. Wie sollte das nur gehen? Ihre Eltern besaßen zwar ein kleines Häuschen in einem Vorort von München, aber das hatten sie sich mühsam vom Munde abgespart und es war noch nicht einmal ganz abbezahlt. Die beiden hatten auf so vieles verzichtet, um Johanna eine schöne Kindheit im Grünen zu ermöglichen. Woher sollte ihre Eltern nur Lösegeld nehmen, sie hatten keine Ersparnisse und es gab auch keine reiche Erbtante, die sie hätten um Geld bitten können.

Wie waren die beiden Männer nur darauf gekommen, ausgerechnet sie zu entführen, eine Studentin aus München, völlig unbekannt und ohne jegliches Vermögen, was hatten die beiden sich nur dabei gedacht. Johanna bekam noch mehr Angst, das konnte nicht gut für sie ausgehen.

Dass sie das falsche Opfer war und die beiden es eigentlich auf eine musizierende Bankiers-Tochter aus Kufstein abgesehen hatten. das wurde ihr erst viel, viel später bewusst

Sie hörte den Dünnen ins Telefon schreien: „Ich lasse mich von Ihnen nicht verschaukeln, was heißt da kein Geld!! 2 Millionen sind für sie doch ein Kinderspiel, dann gehen sie halt in ihre Bank und räumen den Safe aus!" Anscheinend versuchte das Gegenüber am Telefon, vermutlich ihr Vater, das Missverständnis aufzuklären, doch der Dünne schimpfte immer weiter und schien nichts von dem was gesagt wurde zu glauben. „Nichts als dumme Ausreden! Ist ihnen ihre Tochter so wenig wert? Sollen wir ihnen Einzelteile von Johanna schicken?" Er schrie und schrie immer lauter, hysterischer. Der Riese hatte bisher noch nichts gesagt, zumindest hatte Johanna nichts gehört. Plötzlich ging die Türe wieder auf und an den schweren Schritten konnte sie hören, dass er, der Riese herein kam. Er packte ihre, am Rücken zusammengebundenen Hände, schnitt die Fesseln an den Handgelenken auf und schrie sie an: „Zieh dein T-Shirt aus, sofort!" Er hatte auf der Fahrt hierher etwas bemerkt, das dem Dünnen komplett entgangen war. Das rosafarbene T-Shirt schmückte eine Fotografie auf der Johanna deutlich zu erkennen war. Es zeigte sie mit ihrer Abi-Klasse am Abschlussball. Sie hatten es damals als Erinnerung an die gemeinsame Schulzeit drucken lassen. Es war also absolut kein T-Shirt das man überall kaufen konnte. Ein Foto davon würde den Vater schon spendabel machen. Johanna die nicht wusste, was er mit ihrem T-Shirt vor hatte, zitterte vor Angst und Kälte, sie befürchtete das Schlimmste. Hastig zog sie ihre Jacke aus und streifte sie sich das T-Shirt über den Kopf, dabei verrutschte die Augenbinde ein wenig und sie konnte den riesigen Mann vor ihr kurz erkennen. Er hatte rote Haare und einen struppigen Vollbart und war mächtig groß.

Leni die ganz angestrengt den Erzählungen von Johanna lauschte unterbrach sie und rief: „Ja, ja das ist der Mann, der hat mir auch den Sack über den Kopf gemacht! Er hat mich an die Autotür geschubst, mein Schienbein ist ganz blutig!"
Hauke konnte dazu nichts sagen, denn er hatte ja die ganze Zeit seine Augen fest zusammengezwickt gehabt.

Johanna fuhr fort.

Der Hüne nahm ihr das T-Shirt ab und gab ihr ihre Strickjacke zurück, die sie hastig über ihren BH anzog und vorne fest zusammenhielt. Vielleicht würde doch nicht das Schlimmste passieren… Der rotbärtige Mann riss ihre Hände von der Jacke, band sie wieder mit Klebeband am Rücken zusammen und richtete ihre Augenbinde, so dass es augenblicklich wieder finster um Johanna wurde. Sie konnte immer noch nicht aufhören zu zittern.

Draußen hatte der Dünne aufgehört ins Telefon zu schreien, anscheinend war die Verbindung abgebrochen.
Johanna hörte wie der Riese zum ihm sagte: „Schau, damit wird ihm das Geld rausrücken viel leichter fallen, mach mit dem Handy ein Foto von dem T-Shirt und schick es ihm, mal sehen was er dazu sagt!"
Kurze Zeit danach begann Johannas Handy zu klingeln, es war der Klingelton, den sie für Anrufe ihrer Eltern ausgewählt hatte. Sie saß im Dunkeln und kämpfte mit den Tränen. Ihre Eltern hatten bestimmt auch schreckliche Angst.
„Na!" hörte sie den Dünnen ins Telefon säuseln. „Sind wir jetzt gesprächs-bereit?"
Es war eine Weile nichts zu hören, so sehr sich Johanna auch anstrengte, sie konnte nicht hören was gesprochen wurde. „Was heißt da Zeit?" hörte sie den Dünnen in Telefon schreien.
„Das was wir und ihre Tochter am wenigsten haben, ist Zeit. Was heißt hier Sparkasse München, gehen sie halt in Kufstein zu ihrem Banksafe und

holen das Geld, was wollen sie denn in München!!"
Es herrschte wieder eine lange Zeit Funkstille. Anscheinend versuchte der Anrufer dem Entführer zu erklären was der nicht hören wollte...
„Was heißt hier Maier Franz-Josef??? Wieso Lehrer, ihre Tochter heißt doch Johanna?! Und wieso München? Donner und Doria, jetzt hören sie auf so herum zu stammeln! Ihre Tochter ist in unserer Gewalt und wir haben keine Zeit uns ihre Lügen anzuhören!"

Nun schaltete sich der Riese ein. Johanna hörte, wie er dem Dünnen befahl: „Her mit dem Telefon, das ist ja nicht auszuhalten mit deinen stümperhaften Verhandlungen. So und jetzt zu ihnen, sie feiner Herr Maier, dann erzählen sie mal.."
Es war lange sehr, sehr still.
Anscheinend versuchte Johannas Vater lang und breit dem Riesen zu erklären, dass sie die falsche Johanna hatten. Er beschrieb ihm wohl auch ein typisches Merkmal seiner Tochter, ein herzförmiges Muttermal hinter dem linken Ohr. Der Riese schrie dem Dünnen zu: „Schau nach ob sie hinter dem Ohr links einen Fleck hat!" Stürmisch wurde die Türe aufgerissen, der Dünne riss die Augenbinde von Johannas Kopf und knickte ihr linkes Ohr nach vorne und staunte nicht schlecht. Ein deutlich zu erkennendes Muttermal in Herzform war zu sehen. Er rief nach draußen: „Sieht aus wie ein Herz!"
Verfluchte Scheiße!!" War von draußen zu hören. Jetzt schrie der Riese!!
„Es ist die Falsche, du Trottel, wir haben die Falsche!"
Neben Johanna sank der Dünne auf dem Boden zusammen, ihm war völlig gleichgültig ob Johanna ihn sehen konnte oder nicht, jetzt war eh alles egal. Die Falsche - sie hatten die Falsche!!!!
Jetzt war guter Rat teuer. Er verband Johanna wieder die Augen und schlich mit hängendem Kopf zum Riesen hinaus.
Der hatte sich mittlerweile anscheinend von seinem Schreck erholt und versuchte das Beste aus der Situation zu machen. „Was können sie für ihre Tochter locker machen? Sie glauben doch nicht, dass wir sie einfach so laufen lassen!"
An der anderen Seite des Telefons wurde anscheinend ein Vorschlag gemacht und Johanna konnte hören wie der Riese sagte: „Gut, 600.000,-

Euro, am Donnerstagnachmittag auf dem Parkplatz an der Autobahn direkt am Chiemsee. Keine Polizei und keine Tricks, sonst bezahlt ihre Tochter mit dem Leben!"

Es schien als sei das Gespräch hiermit beendet. „Und?" fragte der Dünne zaghaft. Der Riese ließ noch eine Anzahl Flüche auf den, wie er ihn nannte „Dümmsten Verbrecher der ganzen Welt" niederprasseln, erklärte aber dann, dass Johannas Vater eine Hypothek auf sein Haus aufnehmen wollte. Das hieße aber, er bräuchte den ganzen Donnerstagmorgen zur Beschaffung des Geldes. Erst am Nachmittag könnte eine Lösegeldübergabe stattfinden.

Der Dünne seufzte entmutigt: „Soll ich ihr das vermaledeite Ohr abschneiden und ihm per Kurier zuschicken lassen? Vielleicht geht es dann schneller!"

Johanna hielt den Atmen an, ihr Ohr, das klang furchtbar. Sie begann wieder zu zittern.

„Lass den Quatsch!" brummte der Riese. „Überleg dir lieber, wo wir etwas zu essen für die Kleine herbekommen und wo wir am besten das Auto verschwinden lassen. Das wird bestimmt schon gesucht!"

Der Dünne kam zurück und zerrte Johanna auf die Beine, er schubste und schob sie vor sich her, bis sie eine Art Sofa erreichten. Er stieß Johanna so fest an, dass sie auf dem Sofa zu liegen kam. Es knarrte in den alten Sprungfedern und die heraus gequollene Füllung aus muffigem Stroh kitzelte Johanna in der Nase. „Hier bleibst du liegen bis ich wiederkomme, komm ja nicht auf die Idee dich zu bewegen oder Dummheiten zu machen!"

Er kontrollierte noch einmal alle Fesseln und tauschte das Tuch, das Johannas Augen verdeckte, gegen eine Art Ski-Mütze aus.

Dann folgte er dem großen Mann nach draußen und verriegelte sorgfältig die Türe.

Die beiden stiegen ins Auto, bis in die Hütte konnte Johanna das unwillige Knarzen der Stoßdämpfer ihres Golfes hören als sich der Riese auf den Beifahrer Sitz fallen ließ.

Das Auto fuhr langsam davon und es war nichts mehr zu hören außer Stille.

Johanna blieb im Dunklen und in der feuchten Kälte der muffigen Hütte zurück.

26.

Ein altbekanntes Geräusch war in der Hütte zu hören, ein gleichmäßiges Hicksen, Leni hatte vor Aufregung Schluckauf bekommen. Sie war mittlerweile ganz nah an Johanna herangerückt und streichelte ihren Rücken, denn diese hatte bei der Erinnerung an die große Angst und Einsamkeit die sie empfunden hatte nachdem die beiden weggefahren waren, wieder zu weinen begonnen.
Leni wollte sie trösten, hielt sie dazu ganz, ganz fest und begann erneut zu singen:"Heile, heile - hicks - Gänschen, alles wird - hicks - wieder gut!"
Sie wiegte Johanna im Arm, wie sie es immer mit ihrer Lieblingspuppe Sonja machte, die konnte, wenn man sie am Bauch drückte sogar lachen, aber das wollte Leni bei Johanna dann doch nicht ausprobieren.
Hauke fühlte auch mit Johanna, doch seine Gefühle gingen in eine ganz andere Richtung als Leni´s. Er stellte sich vor, welches Getier über die die einsame Johanna gekrabbelt war, Spinnen, Ratten, Mäuse, wer wusste das schon. Vielleicht waren sogar noch welche in ihren Haaren oder ihrer Kleidung. Sie war ja schließlich die ganze Zeit gefesselt gewesen und hatte sich nicht einmal kratzen können. Womöglich hatten die Viecher sogar an ihr geknabbert...
Wie viel Staub und Spinnweben waren wohl auf sie herabgefallen in dieser stinkenden, fauligen Hütte auf dem muffigen, fleckigen und kaputten Sofa, widerlich!!
Er schüttelte sich. Drei Tage war Johanna hier schon gefangen, ohne Händewaschen, ohne Duschen, ohne Zähne putzen. Unmerklich rutschte er ein Stück zur Seite um Johanna nicht zu berühren. Er versuchte sich zusammenzureißen und forderte sie auf weiter zu erzählen.

Johanna fasste sich langsam wieder und berichtete stockend was weiterhin geschah:

Die Tage in der Dunkelheit und Kälte der Hütte hatten ihr schwer zugesetzt.

Ihre Hand - und Fußgelenke schmerzten von Stunde zu Stunde mehr. Das Klebeband über ihrem Mund juckte und sie hatte das Gefühl langsam ersticken zu müssen. Dann bemerkte sie, dass es ihr möglich war, sich nach vorne zu beugen und mit dem Mund an ihren Knien zu reiben.
So hatte sie es mit der Zeit geschafft, das Klebeband wenigstens ein bisschen zu lockern und nach oben zu schieben.
Sie begann zu schreien, so laut und so kräftig wie es ihr möglich war. Sie schrie um Hilfe immer und immer wieder, aber niemand kam, niemand hörte sie. Mit der Zeit wurde ihr Rufen leiser. Sie hatte furchtbaren Durst.
Sehnsuchtsvoll dachte sie an die Flasche Sekt in ihrer Suite. Hätte sie doch wenigstens davon noch einen Schluck genommen. Noch nicht einmal zu Abend gegessen hatte sie. Wie spät mochte es wohl sein?
Johanna war so müde, so unendlich müde. Das hatte zur Folge, dass sie kurze Zeit später auf dem Sofa einschlief, sie schlief unerwartet tief und fest. Sie war so geschafft von der Aufregung, vom Schreien vom Hunger vom Durst, dass sie einfach in einen traumlosen Schlaf fiel.
Erst am nächsten Morgen wurde sie wach.
Durch einen Spalt unter der Kapuze konnte sie im Liegen Umrisse und hellere Stellen am Dach der Hütte erkennen. Es schien langsam hell zu werden draußen. Es sangen Vögel, also schien die Hütte in der Nähe von einem Wald zu stehen, manchmal hörte sie ein Rascheln, gelegentlich knarrte das Holz der Hütte aber ansonsten kein Geräusch. Kein Auto, kein Zug und vor allen Dingen keine menschlichen Stimmen. Sie hatte gestern so laut geschrien, dass heute kein mehr Ton aus ihrer Kehle kam. Sie versuchte sich zu räuspern.
Da hörte sie es, ein Auto, nein ihr Auto kam zurück und mit ihm wahrscheinlich die Entführer. Was würde wohl jetzt passieren....

Die Autotür ging auf, dann wurden das Schloss und die Kette geöffnet und jemand kam in den Raum. Johanna versucht den Kopf anzuheben um unter ihrer kapuzenähnlichen Augenbinde hindurch etwas erkennen zu können.
Da war er, der Dünne. Mit Schrecken dachte sie an seine kalten, froschähnlichen Hände, wie er ihr bei der Entführung die Augen verband und die Hände fesselte. Er hatte sich so eklig angefühlt und trotzdem war an ihm etwas Angenehmes gewesen, sie versuchte sich zu erinnern. Ja, das war

es, er hatte gut gerochen, sie konnte nicht genau beschreiben was es war, aber sie wusste, dass sie den Geruch kannte, nur woher?
Er roch süßlich, aber nicht nach Rasierwasser oder Parfüm, nein eher nach Kindheitserinnerungen, ja genau, sie verband den Geruch mit Kindheit, Freude und schönen Erlebnissen. Sie bekam Hunger, sie konnte förmlich merken, wie ihr bei der Erinnerung an den Duft das Wasser im Mund zusammenlief. Der Geruch hatte etwas mit Essen zu tun, sie war sich kurzzeitig sicher, aber dann überlegte sie, oder ob einfach ihre Phantasie verrücktspielte, weil sie so lange nichts gegessen hatte?
Der Dünne kam auf sie zu, sie konnte sein Gesicht nicht sehen, da sie den Kopf nicht so weit heben konnte. Da die Türe der Hütte offen stand und Licht in den Raum fiel konnte sie seine Schuhe, weiße Turnschuhe und eine Jeans erkennen. Aus der Gesäßtasche der Jeans hing, wie eine Trophäe, ihr rosarotes T-Shirt.

Der Mann kam näher, sie konnte den Duft erneut riechen und plötzlich wusste sie es! Erinnerungen aus ihrer Kindheit tauchten auf.
Gebrannte Mandeln, er roch nach gebrannten Mandeln. Als hätte er zu lange an einem Mandelstand gestanden, oder er verkaufte vielleicht gebrannte Mandeln auf einem Volksfest, ging es ihr durch den Kopf. Fischhändler rochen nach Fisch, Bäcker nach Brot und Mandelverkäufer rochen bestimmt nach Mandeln…
Der Duft, der ihr sonst selbst als Erwachsene noch das Wasser im Mund zusammenlaufen ließ, erfüllte sie jetzt plötzlich mit Angst und Schrecken, ihr Hunger war wie weggeblasen.
Sie würde nie mehr kandierte Mandeln essen können…
Wenn sie überhaupt je heil hier herauskam.

Der Mann zog sie hoch, so dass sie auf dem Sofa zum sitzen kam, schob das Klebeband, das zweimal um ihren ganzen Kopf gewickelt war ein Stück nach oben und riss ihr dabei fast die Nase ab. „Trink das!" befahl er ihr und hielt ihr eine Flasche Wasser vor die Nase. Johanna bemerkte wieder wie groß ihr Durst war und schluckte gierig. Dann hielt der Mann ihr ein Wurstbrot, anscheinend selbst zubereitet vor den Mund mit den Worten: „Iss, und iss ein bisschen schneller, ich habe nicht ewig Zeit!"

Die Scheiben waren so dick abgeschnitten, dass Johanna das Brot kaum zwischen die Lippen bekam, doch der Dünne schob ihr grob das Brot immer wieder in den Mund. Johanna kämpfte und biss so schnell es ging immer wieder ab. Obwohl sie so einen Hunger hatte, überkam sie jetzt das Gefühl, sich jeden Moment übergeben zu müssen.

Der Dünne schimpfte weiter vor sich hin: „Wenn deine Eltern heute nicht das vereinbarte Lösegeld zahlen, dann kannst du das hier schon mal als deine Henkersmahlzeit betrachten, dann komm ich wieder und dann gehörst du mir!!!" Wie zur Bestärkung seiner Worte holte er das rosa T-Shirt aus seiner Hosentasche und roch daran „Johanna Maier!" "Ist doch egal ob du die Richtige bist, das werden wir dann ja sehen!" "

„Bitte!" wisperte sie: „Ich muss zur Toilette!"

Sofort wurde sie in die Höhe gehoben und auf die Füße gestellt. Wie schon gestern schob und schubste der Mann sie unsanft vor sich her. Sie musste hüpfen, da ihre Beine immer noch gefesselt waren. Er brachte sie aus der Hütte hinaus, sie konnte am Boden erst Kies und dann Gras erkennen.

Er führte sie um die Hütte herum. Der Mann schubste er sie in einen kleinen Raum mit Holzfußboden, schnitt die Fesseln an ihren Hände auf und rief: "Beeil dich und keine Dummheiten!" Er warf die Türe zu und blieb davor stehen. Da sie jetzt die Kapuze nach oben schieben konnte erkannte sie, dass es sich um ein Plumpsklo handelte, aus Holz mit einem ausgeschnittenen Herz in der Türe. Gott sei Dank sah der Mann nicht dadurch herein, er lehnte an der Rückseite des Kloos und sprach mit sich selbst.

Statt Toilettenpapier gab es hier drin nur Zeitungsschnipsel. Sie betrachtete diese genauer, die Aufschrift lautete: „Oberbayrisches Volksblatt 27.11.2004." So lange schien hier wohl schon niemand mehr gewesen zu sein. Wie sollte   jemals ein Mensch an diesem Ort vorbeikommen, wenn selbst das „stille Örtchen" schon sooo lange nicht mehr benutzt worden war. Mit einem tiefen Seufzer setzte sie sich auf die improvisierte Klobrille aus Holz. Der Mann draußen schien sehr wütend zu sein, er schimpfte ständig vor sich hin: „Die Falsche.... Was kann ich denn dafür, dass der mir keine genaue Beschreibung gab. Die Trulla vom Empfang im Hotel Seeblick war sofort bereit mich für 100,- Euro anzurufen, wenn Johanna Maier eincheckt... Du da drin hättest ja auch was sagen können - du blöde Kuh!

Jetzt kann ich hier den Babysitter spielen... ich hätte dich ja einfach beseitigen können und die Richtige holen, nein... jetzt spiel ich hier auch noch Essen auf Rädern!" Er kam um das Plumpsklo herum und klopfte nun wieder und wieder an die Türe. Johanna versuchte sich zu beeilen. sie zog sich gerade noch rechtzeitig den Rock wieder herunter und rückte die Kapuze zurecht als der Mann die Tür aufriss. Mit einem Ruck zog er das Klebeband wieder über Johannas Mund, fesselte ihre Hände hinter dem Rücken und brachte sie, schubsend und stoßend zu ihrem staubigen, kaputten Sofa zurück.

Johanna hörte wie die Türe wieder mit Kette und Schloss verriegelt wurde und das Auto davon fuhr.

Sie blieb völlig verängstigt zurück. Langsam begriff sie was geschehen war. Sie war tatsächlich das Opfer einer Verwechslung geworden, wie in einem schlechten Kinofilm. Die beiden hatten es auf Johanna, die Sängerin abgesehen. Die singende, reiche Johanna hatte wohl auch die Suite reserviert. Für ihren Vater, den reichen Bankbesitzer, wäre es bestimmt ein Leichtes, 2 Millionen Euro Lösegeld aufzubringen.

Wo war sie da nur hineingeraten.

Sie begann zu weinen. Der Hunger, der Durst, die Dunkelheit und die Einsamkeit erschienen ihr gestern noch als ihre größten Probleme, doch langsam machte sich die Erkenntnis breit, dass dies erst der Anfang war.

Wo sollten ihre Eltern so viel Geld herbekommen um sie frei zu kaufen und vor allen Dingen würden die Entführer sie, selbst nach Übergabe von Lösegeld überhaupt frei lassen? Sie hatte ja schließlich beide gesehen und konnte sie beschreiben. Der Dünne hatte ihr ja bereits gedroht sie beseitigen zu wollen.

27.

Der Vormittag verging ohne dass etwas geschah. Johanna versuchte sich

immer wieder hinzulegen nur um sich dann sofort wieder aufzusetzen, jede
Position erzeugte an ihren zusammen gebunden Händen und Füssen
Schmerzen. Draußen schien die Sonne zu scheinen, durch das Dach fielen
kleine Strahlen. Sie hörte Vögel, immer nur Vögel. Vögel, die sangen und
zwitscherten. In Gedanken schrie sie die Vögel an, sie sollen zu pfeifen
aufhören, es sei nichts lustig auf der Welt, nur um im nächsten Moment sie
flehentlich zu bitten, nicht aufzuhören mit singen und pfeifen, so wusste sie
wenigstens, dass sie nicht gänzlich alleine war hier im Wald.

Plötzlich kam das Auto zurück. Der Dünne brachte wieder etwas zu trinken
vorbei, die Prozedur war nicht freundlicher als heute Morgen und Johanna
verweigerte, indem sie die Lippen fest zusammenzwickte, nun das dicke
Brot, sollte er es doch selber essen. Nur das Wasser trank sie gierig. Er
brachte sie noch zur Toilette und so schnell der Mann kam, so schnell
verschwand er wieder, aber nicht ohne ihr im Gehen noch zu zuflüstern:
„Bete zu Gott, dass deine Eltern jetzt das Geld für uns haben, sonst gehörst
du mir...!"

Johanna hoffte nun noch inständiger, dass ihre Eltern das Geld hatten
besorgen können, vielleicht wäre dann heute Abend der Spuk vorbei und sie
könnten sich als Familie wieder in den Armen liegen.

Nichts geschah, den ganzen restlichen Tag. Es geschah auch am Abend
nichts, Johanna sah wie das Licht durch die Dachspalten immer geringer
wurde, bis es finster war. Selbst die Vögel verstummten. Johanna hätte jetzt
sogar das Wurstbrot des Dünnen in einem Stück verschlungen so hungrig
war sie.
War die Lösegeldübergabe geplatzt?
Waren die Männer womöglich geschnappt worden?
Wer sollte sie denn dann finden, es wusste doch keiner, dass sie hier
gefangen war.
Wenn doch nur die Vögel gepfiffen hätten.... Sie versuchte zu schlafen,
doch die Gedanken ließen sie nicht zur Ruhe kommen. Ihre Hand - und
Fußgelenke taten weh und der Hals war vor lauter Durst ganz trocken. Sie
hatte Sehnsucht nach ihren Eltern, nach zuhause und nach ihrem weichen

warmen Bett. Da fiel ihr die Suite mit dem großen Boxspringbett wieder ein, das Bett, in dem eigentlich Johanna Maier hätte schlafen sollen. Womöglich war sie in Gefahr. Vielleicht wollten die Männer ihren Plan immer noch umsetzten und sie entführen. Das Lösegeld aus Kufstein wäre bestimmt einträglicher als das Geld der Familie Maier aus München Haar. Man müsste sie warnen und sie nach Möglichkeit beschützen lassen.

Sie, Johanna aber war hier gefangen und konnte nichts tun. In der Sorge um die andere Johanna hatte sie ganz vergessen, dass auch sie selbst in großer Gefahr schwebte.

Dann hörte sie das Auto. Rasend schnell kam es angefahren um vor der Hütte schlitternd zum Stehen zu kommen.

Beide Türen sprangen auf, unschwer an Gang und Stimme zu erkennen öffnete der Riese Schloss und Kette und betrat die Hütte. „Wenigstens ist sie noch hier!" brüllte er, anscheinend erleichtert Johanna immer noch gefesselt auf dem Sofa liegend vorzufinden.

Johann versuchte sich nicht zu bewegen um den Mann nicht noch mehr zu reizen. Er schien bis aufs Äußerste angespannt zu sein. „Wie konnte das passieren?" schrie er den Dünnen an: „Kann man dich keine Stunde alleine lassen? Erst ballerst du wahllos auf die Polizisten, dann verlierst du das Lösegeld und wo zum Teufel ist überhaupt deine Waffe? Sag, bist du noch zu retten? Ich möchte eine Erklärung von Dir!! Sofort!"

Der Dünne, der heute Mittag noch so bedrohlich auf Johanna gewirkt hatte, kam nun auch herein und flüsterte unterwürfig: „Während du dich nur hinters Steuer gesetzt hast, habe ich mir wenigstens noch das Geld geschnappt. Sonst hätten wir es gar nicht erst gehabt!"

„Du kannst von Glück reden, dass sie uns nicht gleich auf der Autobahn erwischt haben. Dann noch deine hirnrissige Idee dich im Hotel Seeblick nach der blöden Sängerin umzusehen. Gib mir nicht auch noch dafür die Schuld, dass du sie nicht gefunden hast! Ich habe in der Zwischenzeit immerhin das Auto verschwinden lassen!"

Der Riese zog hörbar die Luft ein und gab mit bedrohlich leiser Stimme seine Sichtweise der Dinge wieder: „Wenn du nicht in der Lage bist, die Richtige zu entführen muss ich mich eben selber drum kümmern, die zwei Millionen aus Kufstein hätten alle Male gereicht damit wir uns abzusetzen

könnten, aber du hast es ja wieder verbockt."
Der dünne Mann versuchte sich zu rechtfertigen: „Nach all der Aufregung wird man sich doch noch mal ein Bier genehmigen dürfen, der Wirt in dem Kaff war so spendierfreudig und hat noch zwei draufgelegt und dieser Huberbauer ist ja ein ganz lustiger Geselle, der hat die ganze Runde ausgiebig mit Schnaps versorgt... Außerdem haben wir ja noch das Lösegeld von der da!" er deutete anscheinend auf Johanna.
Jetzt schrie der Riese wieder: „Und? Wo ist das Geld? Wieso hast du das Auto überhaupt aus den Augen gelassen?"
Der Dünne antwortete trotzig: „Ja hätte ich mit einem Auto ins Dorf fahren sollen, das bestimmt schon in der Fahndung ist? Der Parkplatz am Wald war hervorragend ausgewählt, woher sollte ich den wissen, dass dieses blöde Gör da spazieren rennt mit ihrer Milchkanne. Und was hat die ihre Nase auch in ein fremdes Auto zu stecken?"
„Du hättest das Auto ja bloß abschließen brauchen du Trottel!" schimpfte der Riese.
„Gut, das mit der offenstehenden Türe war ein Missgeschick, ich musste nur noch schnell hinter den Baum... und außerdem hatte ich furchtbaren Durst, darüber habe die Türe wohl vergessen!"
„Nicht nur die Türe du nichtsnutziger Trottel, auch das Geld!!!" polterte der Riese und schimpfte weiter: „Sieh zu, dass die hier jetzt was zu essen und zu trinken bekommt und dann lass uns verschwinden, wir müssen diese Leni finden, morgen hörst du dich im Dorf um!"

Dieses Mal verlief die Prozedur anders herum, erst wurde Johanna auf die Toilette gezerrt, dann wieder gefesselt und erst danach gab es etwas zu essen und zu trinken. Johanna versuchte sich so unauffällig wie möglich zu verhalten, aß so gut es ging das mitgebrachte, wohl noch von Mittag stammende Brot und trank hastig was ihr angeboten wurde. Erst nach den ersten, gierigen Schlucken bemerkte sie, dass der Dünne ihr anscheinend eine Flasche Bier hingehalten hatte.
Sie musste husten und verschluckte sich. „Trink oder lass es bleiben!" schimpfte der Mann mit ihr. Da sie so durstig war, trank sie in wenigen Schlucken die Flasche leer, und musste anschließend laut und lange rülpsen. „So gefällst mir Mädel!" sagte der Dünne und klopfte ihr kräftig auf

den Rücken.

„Lass den Scheiß, wir verschwinden!" der Riese war schon auf dem Weg aus der Hütte. Johanna war von dem Bier wie beschwipst und hickste noch einmal kurz als ihr der Mann das Klebeband wieder über den Mund zog, auch wenn dieses schon gar nicht mehr wirklich kleben wollte. Er murmelte Johanna noch im Gehen zu: „Da hast du heute noch mal Glück gehabt... Aber ich komme wieder!"

Als die Männer sich mit dem Auto entfernten kippte Johanna einfach zur Seite um und schlief ein.

28.

Die nächsten beiden Tage erlebte Johanna wie in Trance. Der Dünne kam immer wieder um ihr zu Essen und zu Trinken zu bringen und sie anschließend zur Toilette zu begleiten.

Johanna war bei den Zeitungsschnipseln mittlerweile beim Oberbayrischen Volksblatt vom 12.10.2004 angekommen.

Sie wusste nicht was mittlerweile alles geschehen war, wie es mit ihr weitergehen und wie lange sie hier noch gefangen sein würde. Die Ungewissheit machte ihr schwer zu schaffen, sie verfiel zunehmend in eine Art Lethargie.

Vom Riesen war nichts mehr zu hören oder zu sehen, er war wie vom Erdboden verschwunden.

Dem Dünnen, der wohl alleine für ihre Versorgung verantwortlich war, schien allerdings   einiges zugestoßen zu sein. An einem Tag kam er mit einer blutenden Stirn wie Johanna unter ihrer Kapuze erkennen konnte, am nächsten Tag hatte er sein Bein verbunden und humpelte. Am selben Tag kam er abends wieder und stöhnte bei jeder Bewegung als hätte er große Schmerzen. Johanna tat er schon fast ein bisschen leid. Über all seine Verletzungen wurde er immer leichtsinniger, er kontrollierte die Kapuze nicht mehr gründlich, so dass im Laufe der Tage immer ein wenig mehr sehen konnte, er befestigte auch das schmutzige Klebeband nicht mehr gewissenhaft an ihrem Mund. Nur die Fesseln, die vergaß er nie.

Johannas Schultern waren mittlerweile so verkrampft, dass sie das Gefühl hatte, ihre Arme würden absterben. Sie freute sich immer auf den Toilettengang. Dort konnte sie sich dann einmal gründlich dehnen, sich am Kopf kratzen und die Hände ausschütteln - eine Wohltat.
Der Mann bedrohte sie nun auch nicht mehr, er kam wortlos, erledigte seine Aufgabe und ging wortlos.
Die Tage verliefen ständig gleich, Johanna hatte sich schon damit ab - gefunden, bis zum heutigen Vormittag, als plötzlich die Türe aufging und Leni und Hauke in ihren Säcken hier mehr oder weniger abgestellt wurden.

Nun waren sie schon drei Gefangene...

Jetzt war Johanna an der Reihe Fragen zu stellen und Leni erzählte und erzählte und erzählte.

Von der Tasche mit dem Geld, vom Huberbauern, vom Sepp, vom Gustl und wie Hauke ihr helfen wollte, von der Lösegeldübergabe und dem verletzten Polizisten, vom Polizeiauto und von Sepps Jimmy, am Ende fiel ihr noch der General ein und seine Weltkarten und irgendwie brachte sie alles durch - einander. Sie bekam Schluckauf und hickste vor sich hin. Sie versuchte es erneut und fing dieses Mal mit der Milchkanne, der Bäcker-Kathi, dem Hufeisenturnier, den betrunkenen Bachmeier Buben und dem Einbruch in ihrer Wohnung an.
Beim dritten Anlauf, ihre Geschichte verständlich zu erzählen, erwachte Hauke aus seiner Schockstarre auf. Er streckt sich, sah sich kurz um und half dann, als wäre nie etwas mit ihm passiert, Leni dabei, Johanna die ganze Geschichte zu erzählen.
Dinge zu ordnen oder in Ordnung zu bringen war schließlich seine große Stärke. Er vergaß bei seiner Erzählung keine Einzelheit. Er war hoch konzentriert und berichtete Johanna, die aus dem Staunen gar nicht mehr herauskam, wie sich alles zugetragen hatte.
Er bemerkte vor lauter Erzählen nicht einmal, dass sich neben ihm langsam eine Spinne von der Decke abseilte.
Als er mit seiner Zusammenfassung fertig war stand für alle fest, dass sie gehörig etwas erlebt hatten in den letzten Tagen.

Vielleicht fiel ihnen nun gemeinsam eine Lösung ein wie sie hier herauskommen konnten.

Leni wurde als erste aktiv und sah sich um, sie kroch in alle Ecken und Winkel der Hütte.
Sie konnte die Türe nicht öffnen, Kette und Schloss verriegelten sie fest. Es gab zwei Fenster ohne Scheiben, aber diese waren von außen mit Brettern verschlossen. Leni versuchte es mit Drücken und hämmerte dagegen, aber nichts bewegte sich.
Sie zuckte resigniert mit den Schultern und sah Johanna an: „Sollen wir schreien?
Zu dritt sind wir bestimmt lauter als du alleine!"
Johanna nickte und sie begannen gleichzeitig zu schreien. Selbst der eigentlich so stille und in sich gekehrte Hauke schrie, er schrie aus Leibeskräften, er wollte hier raus, er musste dringend seine Hände waschen, er musste duschen und, er musste aufs Klo….
Sie schrien und lauschten abwechselnd ob von draußen etwas zu hören war, doch nur die Vögel verstummten kurz bei dem Gebrüll um dann aber sofort wieder mit ihrem fröhlichen Gezwitscher zu beginnen. Nach einiger Zeit hörte Johanna mit dem Schreien auf und begann zu weinen: „Das ist alles nutzlos, hier hört und findet uns niemand, die Männer werden zurück kommen und uns alle umbringen!"
Jetzt begann auch Hauke zu weinen, er stand vor dem Sofa, sich darauf zu setzen traute er sich nicht mehr. Er hatte es mittlerweile genauer inspiziert und war zu dem Schluss gekommen, dass dieses Sofa unzumutbar war, wie es schon roch, das Stroh und der schmutzige Bezug, das war alles zu viel für ihn.

Leni beschloss, dass sie etwas unternehmen musste.

Sie öffnete das alte Küchenbüffet in der Hoffnung, irgendetwas zu finden, das ihr helfen könnte hier heraus zu kommen. Es befand sich nur eine alte Schüssel aus Porzellan darin. Leni musste schmunzeln, ein Nachttopf. Sie zeigt ihn Hauke mit den Worten: „Wenn du es nicht mehr halten kannst,

kannst du ja hier hinein Pippi machen!"
Wenn Hauke bis jetzt noch nicht in seine Ekel-Schockstarre verfallen war,
gab ihm diese Vorstellung anscheinend den Rest. Er steckte die Hände tief
in die Hosentasche, kniff Mund und Augen zu und bewegte sich nicht mehr.

Erstaunt beobachte Johanna das Geschehen. „Was hat er denn? " fragte sie
Leni. „Er ist anders als wir!" erklärte diese daraufhin. „Wenn es ihn ekelt oder
er sich fürchtet passiert das immer. Als ich mal vergessen hatte zuhause auf
der Toilette zu spülen stand er zwei Stunden so im Klo und als ihn Frau
Bachmeier gebeten hat das Treppenhaus zu wischen, weil sie sich den Fuß
verstaucht hatte, passierte das gleiche wieder, als er den Eimer mit dem
schmutzigen Putzwasser sah.
Als er einmal mit mir beim Huberbauern war um den Gustl zu besuchen
musste er sich danach sogar über eine Stunde lang die Hände waschen so
hat es ihm gegraust. Wie die Bachmeier Buben seinen Fahrradlenker mit
Honig beschmierten war es wieder genauso!"
Leni, nun ganz in ihrem Element erklärte weiter: „Biggi hat mir erzählt, dass
er Autismus hat, das ist eine Krankheit, deshalb mag er es halt ganz sauber
und ordentlich. Unordnung und Schmutz kann er nicht leiden. Wenn so
etwas wie jetzt passiert lassen wir in einfach in Ruhe, der wird dann schon
wieder."
Johanna staunte nicht schlecht. Leni kannte sich erstaunlich gut aus und
konnte auf einfachste Weise die Dinge beim Namen nennen, so dass jeder
verstand um was es ging und das alles, obwohl sie sichtbar selber behindert
war. Johannas Achtung für die kleine Frau wuchs immer mehr.

Leni ließ Hauke einfach stehen und begann wieder, sich in der Hütte
umzusehen. Nichts, das ihr helfen könnte die Fenster zu öffnen, doch der
Gedanke, dass sie Hauke helfen musste weil sie ihn in diese Lage gebracht
hatte, beflügelte sie, weiter zu suchen. Sie sah nun hinter das Sofa, das
nicht ganz an die Wand geschoben war und bemerkte einen Lichtstrahl am
Boden. Man konnte Sonnenschein und ein bisschen Gras erkennen. Hier
schien es eine Möglichkeit zu geben hinaus zu kommen, man müsste nur
graben, einfach ein Loch graben. Der Fußboden bestand aus Erde,
lehmiger, festgetretener Erde, das könnte doch nicht so schwierig sein.

Leni bat Johanna ihr zu helfen, das alte schwere Sofa weiter von der Wand weg zu schieben, damit sie mehr Platz hatte, dann versuchte sie zu graben, mit bloßen Händen. Die Erde war wider Erwarten nicht locker, sondern hart wie Beton. Mir ihren kleinen Händen gelang es ihr nicht, viel Erde zu entfernen. Johanna wollte ihr zu Hilfe kommen, doch ihre Hände schmerzten so sehr, dass es ihr nicht möglich war auch nur ein wenig der lehmigen, fest getrampelten Erde aufzulockern.

Leni versuchte weiter und weiter zu graben, sie strengte sich an und kam bereits nach kurzer Zeit ins Schwitzen, es war noch kein bisschen Erfolg zu erkennen.

Leni brauchte Hilfe, Hauke musste helfen, wie auch immer. Leni wusste nicht wie sie es anstellen sollte, dass Hauke sich die Finger schmutzig machen würde. Dies war undenkbar für ihn, doch sie musste es versuchen. Sie mussten hier raus, unbedingt!

Was könnte ihn aus seiner Starre lösen - Leni überlegte kurz, kombinierte haarscharf und schrie ihm dann direkt ins Ohr: „Ratte!!! Riesen Ratte!!!" Hauke sprang ohne eine Miene zu verziehen und ohne die Hände aus den Hosentaschen zu nehmen einfach kerzengerade in die Höhe. Bei der Landung kam er allerdings auf Leni`s Fuß zum Stehen, was ihn augenblicklich erneut in die Höhe springen ließ. Wahrscheinlich hatte er gedacht, direkt auf der Ratte gelandet zu sein.

Und siehe da, Hauke weilte wieder unter den „Lebenden" und er schrie, er schrie sich die Seele aus dem Leib. Leni schrie nun ebenfalls, teils aus Schreck, teils aus Schmerz. Sie hüpfte dabei auf einem Bein, denn Hauke hatte mit voller Kraft bei der Landung ihrem großen Zeh getroffen. Sie gab ein sehr komisches Bild ab, schreiend und gleichzeitig hüpfend und ihren Fuß haltend.

Jetzt fiel auch noch Johanna in das Geschrei mit ein, sie kannte zwar den Grund für das Gebrüll und das Herumgehüpfe nicht, war aber dermaßen irritiert, dass sie sicherheitshalber einmal mit den anderen um die Wette schrie.

Nach einiger Zeit entspannte sich Hauke und brüllte nicht mehr, auch Leni hörte auf zu schreien und zu hüpfen, sie rieb sich ihren Zeh. Johanna sank schweigend in sich zusammmen und versuchte wieder zu Atmen zu kommen.

Als sich alle endgültig wieder beruhigt hatten, erklärte Leni dem immer noch traumatisierten Hauke und der, wie ein Häufchen Elend auf dem Sofa sitzenden Johanna ihren Plan. Sie zeigte auf den unscheinbaren kleinen Haufen Erde den sie in mühevoller Arbeit bereits ausgegraben hatte. „Hier geht es raus Hauke, wir brauchen ein Loch!" sagte sie, auf den Spalt deutend.

Und, etwas völlig Unerwartetes geschah. Ohne nachzudenken bückte sich Hauke und begann zu graben. Er grub in Windeseile, er grub mit den Fingern im Dreck, dieser sammelte sich unter seinen Nägeln, verschmutzte seine Jeans, sogar das Gesicht war voller Erde, als er sich mit den Händen bereits nach kürzester Zeit den Schweiß von der Stirn wischen musste. Leni beobachtete Hauke eine Zeitlang irritiert, bückte sich dann aber und grub nun ebenfalls, so schnell und so gut sie eben konnte. Seite an Seite mit Hauke kauerte sie hinter dem riesigen Sofa und schaufelte mit den Händen die Erde die Hauke, unaufhörlich wie ein Bagger aushob, zur Seite. Man konnte schon deutlich erkennen, wie das Loch immer größer wurde. Immer mehr Licht fiel herein und Leni und Hauke konnten sich gegenseitig betrachten. Leni musste lachen, so schmutzig hatte sie Hauke noch nie gesehen und er, er lachte auch, obwohl Leni über und über mit Erde besudelt war und er sie normalerweise in diesem Zustand niemals in seine Nähe gelassen hätte. "Wir schaffen das!" murmelte er Leni zu und fing wieder an zu graben.

29.

Mittlerweile war es Nachmittag geworden und im „Ich + Du Haus" herrschte sonntägliche Beschaulichkeit. Es war ein sonniger Tag, Herr Detterbeck hielt Mittagsschlaf im Garten und Sepp zupfte gedankenverloren an seinen Rosen herum. Wenn er sich entspannen wollte, dann hier.
Gerda und Oma Bachmeier waren zum allwöchentlichen Kartenspielen mit einigen anderen älteren Damen im Pfarrhaus und die Bachmeier Buben hatten sich in den hinteren Teil des Gartens zurückgezogen um noch einmal

zu überlegen, was denn gestern wirklich alles passiert war, die Blamage beim Turnier war das Letzte, an das sie sich bewusst erinnern konnten. Zum Fußballspielen war ihnen heute nicht zumute, beide hatten einen gehörigen Brummschädel. Sie lagen einträchtig auf einer Picknickdecke und unterhielten sich im Flüsterton. Dieses seltene Bild der Ruhe und des Friedens im Garten des „Ich + Du - Hauses" würde nicht lange anhalten denn, was keiner wusste, in wenigen Stunden sollte sich alles ändern.

Britta hatte Kuchen gebacken und wollte Leni und Hauke zum Kaffee trinken einladen. Vielleicht wollten sie ihr helfen beim Tisch decken im Garten, dann können alle, die da waren, sich dazu setzen. Sie klopfte und betrat die Wohnung der beiden, aber es war niemand zuhause, die zwei würden bestimmt schon im Garten sein bei diesem schönen Wetter. Dann musste ihr halt Mike beim Hinaustragen des Geschirres helfen. Finn wollte ebenfalls mithelfen und trug ganz stolz das Besteck. Die kleine Marie hielt um diese Zeit, wie der General, noch ihren Mittagsschlaf.

Britta nutzte den großen Tisch beim Grillplatz für die Kaffeetafel. Auf dem Weg dorthin traf sie, auf den, in Gedanken versunkenen Sepp, der seine Rosen begutachtete. „Hast du Hauke und Leni gesehen?" fragte Britta. Sepp schrak aus seinen Gedanken und verneinte: „Frag doch mal die Bengel, die liegen hinten im Garten!" riet er ihr. Mike stellte das Tablett ab und begann, mit tatkräftiger Unterstützung von Finn den Tisch zu decken, während Britta am schlafenden General vorbei zu Hans und Peter ging. Die beiden fühlten sich schon wieder ertappt und bekamen rote Ohren, obwohl weder die Mutter dran zog, noch sie etwas ausgefressen hatten. „Habt ihr Hauke und Leni gesehen?" fragte Britta. Der hätte ihnen gerade noch gefehlt, wegen ihm hatten sie so einen Ärger bekommen, obwohl sie sich nicht erinnern konnten, irgendetwas mit ihm angestellt zu haben. „Nein!" kam unisono aus ihren Kehlen und auch das war etwas ganz besonderes, dass beiden sich einig waren.

Britta schaute im gesamten Garten, im Keller und noch einmal in der Wohnung von Hauke und Leni nach. Keine Spur der beiden. Sie ging in den zweiten Stock um bei den Bachmeiers nachzufragen, aber auch Gabi hatte mit dem kleinen Luggi im Buggy sitzend, mittlerweile das Haus zu einem längeren Spaziergang verlassen. Dass Gerda und die Oma wie immer beim Kartenspielen waren, das wusste Britta. Hier waren die beiden also sicher auch nicht.

Ob sie Gabi vielleicht begleiteten?

Leni liebte es, den Kleinen spazieren zu schieben. Womöglich hatten die beiden bei diesem schönen Wetter Lust auf einen Spaziergang bekommen. Britta beschloss abzuwarten, die zwei würden schon auftauchen, sie würde ihnen einfach ein Stück Kuchen aufheben.

Als sie wieder im Garten ankam, bog gerade Gabi mit dem Kinderwagen ums Eck, mit ihr waren die zwei also nicht unterwegs. Luggi war beim Spazierengehen eingeschlafen, und Gabi hoffte sie könne sich auch ein wenig in den Garten legen und dösen. Sie war immer noch müde vom ungewohnten Feiern gestern.

Als sie den gedeckten Tisch bemerkte, gesellte sie sich zu den anderen und freute sich auf den leckerer Erdbeerkuchen den Mike in die Mitte des Tisches gestellt hatte. Sie hatte ja heute Morgen, im Gegensatz zu sonst, keinen Kuchen zum Frühstück bekommen. Den hatte ihre Mutter gestern Abend unter anderem wegen der Lausbubenstreiche ihrer beiden Brüder bei der Hausbesprechung für alle zur Verfügung gestellt.

Wo waren die beiden eigentlich?

Als hätten sie es gewusst, kamen die zwei gleichzeitig ums Eck und riefen begeistert: „Erdbeerkuchen!!! Lecker!!!" doch schon im nächsten Moment wich Hans alle Farbe aus dem Gesicht und er wurde grün um die Nase. Er rannte los in Richtung der nächstbesten Toilette, es dauerte nur wenige Sekunden dann folgte ihm Peter.

Ja, die beiden würden sich überlegen, ob sie sich jemals wieder so betranken.

Sepp setzte sich nun ebenfalls an den Tisch, den General ließen sie sicherheitshalber noch ein wenig schlafen, er konnte immer noch früh genug schimpfen. Sepp fragte: „Hast du die zwei gefunden?" „Nein, sie sind wie vom Erdboden verschwunden!" antwortete Britta. "Vielleicht sind sie spazieren!"

Gemeinsam genossen sie Kaffee und Kuchen. Sie unterhielten sich noch ein wenig über die Vorfälle von gestern und fragten bei Sepp nach, ob es neues von der Entführung gäbe. Dieser schüttelte nur den Kopf und seufzte. Wahrscheinlich hatte er vorhin bei den Rosen ebenfalls über seine verletzten Kollegen und die arme Frau, die entführt worden war nachgedacht. Marie und Luggi wurden fast gleichzeitig wach, so dass Britta eine Decke holte und die beiden Knirpse, die fast im selben Alter waren unter den Baum zum Spielen auf den Boden legte. Mittlerweile war auch der General von seinem Schläfchen erwacht und hatte sich zu den anderen Hausbewohnern gesellt. Er beobachtete die beiden Babys und war dabei ganz still, behutsam beugte er sich nach vorne um Marie über den Kopf zu streicheln und Luggi am Bauch zu Kitzeln. Das Lachen, das er dafür erntete ließ ihm Tränen in die Augen steigen.

Ja, Kinder, mit denen konnte er es. Er hatte schließlich auch einmal eine Tochter gehabt.

Ein Ruck ging durch seinen Körper, zum Teufel mit diesen Rührseligkeiten: „Rührt euch Soldaten!!" schrie er die Kleinen an, die daraufhin wie auf Kommando zu schreien begannen.

Der General erhob sich, schlug die Hacken aneinander, salutierte vor den anderen und ließ verlauten: „Melde gehorsamst, ziehe mich in meine Gemächer zurück", damit verschwand er im Haus. Gabi und Britta hatten keine Zeit mit ihm zu schimpfen, sie waren damit beschäftigt Marie und Luggi wieder zu beruhigen.

Die Zeit verging wie im Flug. Die beiden Bachmeier Jungs waren nicht wieder aufgetaucht, vermutlich hatten sie sich in ihre Zimmer verzogen. Mike nutze die Gelegenheit und das verwaiste Fußball-Tor um mit Finn ein wenig zu kicken und Gabi und Britta unterhielten sich über Babyrezepte, Kinderkrankheiten, Schmerzen beim Zahnen und vieles mehr.

Sepp war zu seinen Rosen zurück gekehrt und der General führte Krieg in seinem Wohnzimmer, was durch das geöffnete Fenster nicht zu überhören war.

Am späten Nachmittag kehrten Gerda und Oma Bachmeier vom Kartenspielen zurück und genehmigten sich ebenfalls ein Stück Erdbeerkuchen, obwohl sie schon zwei Stück Kuchen im Pfarrhaus hatten.

Was soll es, dafür war ja heute der morgendliche Marmorkuchen ausgefallen.

Die erfahrenen Mütter beteiligten sich sofort mit Ratschlägen aus der guten alten Zeit an den Gesprächen von Gabi und Britta, niemand fiel auf, dass Hauke und Leni immer noch nicht zurück waren.

Britta begann den Tisch abzuräumen, weil es langsam Zeit für Maries Brei und Finns Bad wurde. Dieser hatte die Wanne heute besonders dringend nötig, denn er hatte sich als Torwart versucht und sich bei den Schüssen seines Vaters aufs Tor immer möglichst theatralisch zu Boden geworfen.

Gabi packte Luggi ein und wollte gerade nach oben, als Gerda fragte: „Wo sind eigentlich Leni und Hauke?"

30.

Britta sah auf, genau, sie hatte über den Auftritt vom General und durch die Unterhaltung mit Gabi und den anderen Frauen ganz vergessen die beiden zu Kaffee und Kuchen zu holen. Gott sei Dank waren noch einige Stücke übrig geblieben, den schlechten Magen der verkaterten Bachmeier Buben sei Dank.

Wenn sie das Tablett in die Wohnung gebracht hatte würde sie gleich zu den beiden gehen und ihnen den Kuchen vorbeibringen.

Die Gesellschaft im Garten löste sich allmählich auf. Die drei Bachmeier Damen nebst Luggi gingen nach Hause, Gerda musste dringend nach ihren Söhnen sehen. Obwohl sie eigentlich fürchterlich wütend auf die beiden war, machte sie sich trotzdem Sorgen um die zwei Lausbuben.

Sepp kehrte ebenfalls in seine Wohnung zurück, er hatte heute endlich einen freien Tag und wollte ihn mit dem Nachlesen der Tageszeitung, die er nun schon seit drei Tagen achtlos auf den Stuhl neben der Eingangstür geworfen hatte, geruhsam ausklingen lassen.

Mike schulterte die kleine Marie, nahm Finn, ganz stolzer Vater an der Hand und machte sich durch die Terrassentür auf den Weg in die Wohnung um das Badewasser für den Fußball-Helden einzulassen. Britta sammelte die Spielsachen der Kleinen vom Boden auf und brachte diese, nebst der Decke ins Wohnzimmer. Als sie in den Garten zurückkehrte um das schmutzige Geschirr zu holen, hörte sie den General immer noch in seinem „Büro" poltern. Hoffentlich war der Krieg bald beendet, damit die Kleinen schlafen konnten.

Britta nahm in der Küche zwei Teller bestückte diese mit Erdbeerkuchen und extra viel Sahne und machte sich auch den Weg zu Hauke und Leni. Wo die beiden wohl heute unterwegs gewesen waren? Auf diese Erzählung war Britta schon sehr gespannt.

Sie öffnete die Türe, alles war still, kein Radio oder Fernsehen lief. Haukes Zimmertüre stand einen Spalt breit offen, aber es war leer. Auch in der Küche war niemand. Britta stellte den Kuchen ab und ging zu Lenis Zimmer, vielleicht spielten die beiden ja etwas. Manchmal saßen sie bei Leni auf dem Boden und spielten Memory, obwohl Leni nie gegen Hauke gewinnen konnte, klatschte sie immer begeistert in die Hände, wenn er sie zu einem Duell aufforderte.

Sie klopfte, doch es kam keine Antwort. Vorsichtig öffnete sie die Türe, auch dieses Zimmer war leer.

Britta bekam nun doch Angst. So lange waren die beiden noch nie alleine außer Haus, nur wenn sie einen Ausflug mit Astrid oder Biggi vom betreuten Wohnen machten.

Daran hatte Britta ja noch gar nicht gedacht, vielleicht waren die beiden schon vormittags abgeholt worden und deshalb hatte niemand etwas bemerkt. Obwohl, sonderbar war es schon, denn Biggi und Astrid sprachen sich eigentlich immer mit Britta ab.

Sie ging zurück in ihre Wohnung, das Problem sollte gleich gelöst sein, ein Anruf bei Astrid würde Klarheit bringen. Während sie darauf wartete, dass diese ans Telefon ging, beobachtete sie Mike und Finn, wie sie im Bad Faxen machten, Marie saß auf Mikes Schoß und hatte eine Schaumkrone auf dem Kopf.

Es dauerte lange bis Astrid ans Telefon ging, sie konnte sie kaum verstehen, im Hintergrund dröhnte laute Musik. In diesem Moment fiel es Britta wieder ein, Astrid und Biggi waren auf dem Musikfestival am Chiemsee und hatten sich dafür extra das Wochenende frei genommen.

„Hallo Britta" schrie Astrid ins Telefon, „ich kann dich kaum verstehen!" Britta fragte sie, ob sie etwas davon wüsste, dass Hauke und Leni an diesem Wochenende irgendwelche Pläne hatten von denen sie sie ihr nichts erzählt hatten, doch Astrid schrie nur „Nein, nichts besonderes! Erst am Dienstag komme ich und dann gehen wir Reiten!"

„In was für Weiten?" schrie Britta zurück, Mike hob erstaunt den Kopf, was war denn da los? Nach mehreren Versuchen wurde klar was Astrid meinte und noch viel klarer, dass irgendetwas nicht stimmte.

Die Sachlage am Telefon zu erklären machte bei dieser Lautstärke keinen Sinn, sie würde Astrid und Biggi eine SMS schicken, wenn die beiden nicht bald auftauchten.

Britta ging zu ihrer Familie ins Bad, sie setzte sich auf den Wannenrand und nahm die kleine Marie auf den Schoß. Sie schnupperte an ihr und roch den zarten Baby-Duft nebst Badeschaum. Sie hatte von Leni gelernt, dass, an etwas Guten zu riechen, die Angst nahm. Wie gut das doch in diesem Moment tat, schlaue Leni!

Mike bemerkte ihren besorgten Gesichtsausdruck und blickte sie fragend an, Britta vertröstete ihn auf später, wenn die Kinder fertig sind.

Es gab Schokobrei für Marie, ein Vollkornbrot mit Fußballwurst für Finn und anschließend eine Kuschelrunde für alle vier. Marie schlief schon auf dem Weg in ihr Bettchen ein und Finn kroch ebenfalls ohne jeglichen Widerspruch in sein Bett mit Bayernbettwäsche. Mike kümmerte sich um die obligatorische Gutenachtgeschichte, Britta brachte inzwischen das überschwemmte Bad in Ordnung. Mike kam erstaunlich schnell zurück ins Wohnzimmer, die Geschichte konnte heute relativ kurz ausfallen, denn Finn war sofort eingeschlafen, so müde war er.

Britta erzählte Mike, dass Leni und Hauke noch nicht zuhause waren, jetzt blickte auch er besorgt drein. „Lass uns noch einmal nachsehen und wenn sie immer noch nicht da sind, fragen wir im Haus bei den anderen, vielleicht weiß jemand etwas!"

Die Wohnung war nach wie vor leer und es begann draußen bereits zu dämmern. Brittas Sorgen wuchsen. Leni hatte Angst im Dunkel, selbst in Begleitung ging sie ungern außer Haus wenn es Nacht wurde. Es war klar, sie mussten die anderen Bewohner informieren.

31.

Den ganzen Nachmittag hatten Leni und Hauke gegraben, das Loch war schon ordentlich gewachsen. Wenn Leni sich ganz arg anstrengen würde, würde sie eventuell schon durch rutschen. Wenn sie graben wollten bis Hauke mit seinen über ein Meter achtzig durch passen würde, dann hätten sie bis morgen zu tun.

Johanna war auch über ein Meter siebzig groß und nicht sehr fit nach den ganzen Strapazen. Leni war nur knapp einen Meter fünfzig und von eher kindlicher Statur, wahrscheinlich hatte sie der Mann auch deshalb für ein Gör gehalten.

Doch, was sollte sie tun wenn sie draußen war? Wohin sollte sie laufen, sie wusste ja nicht einmal wo sie hingebracht worden waren.

Johanna sagte nur: „Du musst Menschen finden Leni, Menschen oder ein Haus, eine Straße. Wen auch immer du triffst, dem musst du unsere Geschichte erzählen. Sag, dass es eilig ist, dass wir Hilfe brauchen und merk dir, wie du gegangen bist, damit du uns dann wieder finden kannst!"

Das waren viele Aufgaben für die völlig entkräftete Leni, das würde sie sich nie merken können.

„Lauf einfach Leni, lauf, bring dich in Sicherheit!" sagte Hauke heldenhaft. Er sah mittlerweile aus wie ein Grubenarbeiter, aber er schien es nicht zu bemerken oder es war ihm tatsächlich egal.

Leni steckte den Kopf aus dem Loch: „Hauke, es wird schon dunkel! Ich kann nicht mehr loslaufen, morgen früh, wenn es wieder hell wird dann krieche ich sofort raus und laufe um Hilfe zu holen!"

Sie bemerkte, wie die beiden anderen entsetzt die Luft anhielten: „Leni, du musst!" flehte Johanna sie an, „die Männer werden zurückkommen und dann werden sie uns umbringen!"
Leni sah Hauke an und dieser nickte mit einer Inbrunst, dass sie nicht mehr nachdachte, sondern sich durch das Loch zwängte und plötzlich draußen war. Sie sah sich um und entdeckte das Plumpsklo das Johanna beschrieben hatte. Bei dem Anblick bemerkte, dass sie schon lange nicht mehr auf der Toilette war und dass sie jetzt ganz, ganz dringend musste. Wer weiß, wann sich die nächste Gelegenheit bieten würde. Leni sah sich um, niemand zu sehen, flugs schlüpfte sie in das Plumpsklo und erleichterte sich. Da hörte sie es, ein Auto kam, es kam immer näher. Wenn dies die Entführer waren saß sie in der Falle und die anderen beiden auch, denn wie sollten sie erklären wo Leni war.

Leni hielt den Atem an und versuchte sich nicht zu bewegen, obwohl sie ja niemand sehen konnte hielt sie sich die Hände vor die Augen. Sie lauschte aufmerksam, das Auto kam näher und näher und - es fuhr vorbei!!!
Leni konnte ihr Glück kaum fassen, es waren nicht die Entführer. Jetzt aber schnell, sie benutzte als Toilettenpapier den Zeitungsschnipsel der ein Bild vom Riesenrad des Rosenheimer Herbstfestes zeigte. Herbstfest, Mandeln, gebrannte Mandeln!!
Leni fiel es siedend heiß ein, der Entführer hatte nach gebrannten Mandeln gerochen, sie hatte solche Angst gehabt, dass sie es fast vergessen hatte. Sie musste sich jetzt beeilen um Johanna und Hauke zu retten. Sie zog die Hose hoch und schrammte dabei über ihr verletztes Schienbein: „Aua!! Schrie sie laut auf.
„Leni? Leni? Ist alles in Ordnung bei dir?" riefen Johanna und Hauke wie aus einem Mund von drinnen. „Ja, hab mir nur am Fuß weh getan!" antwortete Leni.
Sie schloss die Klo-Tür sorgfältig hinter sich und machte sich vorsichtig auf den Weg zu Vorderseite der Hütte, vielleicht schaffte sie es ja die Türe von außen öffnen und sie könnten alle gemeinsam weglaufen. Das Schloss war groß und schwer, auch die Kette war aus massivem Eisen, sie konnte sie kaum anheben. Sie rüttelte noch kurz an der Tür aber diese bewegte sich keinen Millimeter. Sie erkannte schnell, sie musste Hilfe holen, alleine würde

sie es nicht schaffen die beiden zu befreien.

Die Hütte stand an einer kleinen Lichtung wie Leni feststellte als sie sich umsah. Ein unscheinbarer Feldweg führte aus dem Wald an der Hütte vorbei, wieder in den Wald hinein.
Leni überlegte kurz und beschloss nach rechts zu laufen ohne zu wissen wohin sie dieser Weg führen würde. „Ich laufe los!" rief sie ins Hütteninnere und rannte, so schnell sie konnte in den Wald.

32.

Im „Ich + Du Haus" war mittlerweile allgemeine Panik ausgebrochen.
Wo waren Leni und Hauke?
Die beiden waren noch nie so lange alleine weg und schon gar nicht ohne Bescheid zu geben.
Britta hatte in der Wohnung nach irgendwelchen Hinweisen gesucht, aber weder einen Zettel, noch eine Notiz und auch keinen Vermerk im Kalender der beiden gefunden.
In diesen Kalender trugen die zwei alle ihre Termine ein. Auch Astrid und Biggi vermerkten ihre Besuchstermine für die kommenden Wochen. Der Reit-Tag bei Gustl wurde eingetragen, Arzttermine und auch Ausflugstermine.
Leni schrieb peinlich genau in ihrer Kinderschrift die Geburtstage aller Freunde, Kollegen und Hausbewohner ein, feinsäuberlich wurde dann noch ein Herzchen dahinter gemalt.
Hauke schimpfte immer, weil dies ja auch sein Kalender war und er das Herz kindisch fand, aber einen eigenen Kalender wollte er sich dann doch nicht besorgen.

Britta sah sich in Lenis Zimmer um, es war nichts Auffallendes zu erkennen.
Die dünne blaue Sommerjacke hing am Stuhl, was Britta noch mehr verunsicherte, denn wenn die beiden vorgehabt hatten, bis zum Abend zu bleiben, hätte Leni die Jacke bestimmt mitgenommen.
In Haukes Zimmer war es penibel aufgeräumt wie immer. Alles befand sich

wieder genau an seinem Platz, nur das rote Auto stand immer noch im falschen Regalfach.

Britta musste an den Einbruch, oder war es doch nur ein Lausbubenstreich, von gestern denken. Hoffentlich hatten sie sich nicht getäuscht und etwas viel schlimmeres war passiert.

Sie beschloss als ersten Sepp zu informieren, der wüsste bestimmt, was zu tun sei.

Sie ging nach oben und klopfte, Sepp öffnete mit der Lesebrille auf der Nase die Türe, er war gerade bei der Zeitung von vorgestern angekommen. „Was gibt's?" fragte er.

„Leni und Hauke sind immer noch nicht zuhause und ich mache mir langsam echt Sorgen!" erklärte ihm Britta.

Jetzt runzelte Sepp die Stirn, das war wirklich merkwürdig. Er ging nach unten um in der Wohnung von Leni und Hauke ebenfalls nachzusehen.

Er war schließlich Kommissar, wenn es Spuren gab, er würde sie finden. Doch auch er konnte nichts erreichen - keine Hinweise - keine Spuren. Einfach weg die zwei!

Sepp sah nun ebenfalls besorgt auf die Uhr, es war bereits nach 20.00 Uhr! Hauke ohne Tagesschau und Leni bei beginnender Dunkelheit außer Haus, da stimmte etwas nicht.

Wie so oft im „Ich + Du Haus" erfolgte ein Rundruf und eine anschließende Versammlung im Keller.

Alle kamen, sogar der General, er hatte oben eine Waffenruhe für fünfzehn Minuten eingelegt, aber danach würden die feindlichen Schergen wieder angreifen, länger habe er keine Zeit, ließ er in strengem militärischen Befehlston vernehmen.

Die Bachmeier Buben saßen sehr, sehr still mit am Tisch neben Gerda und Oma Bachmeier, Gabi hatte das Baby-Phone vor sich auf den Tisch gestellt, denn Luggi schlief mittlerweile tief und fest.

Mike kam als Letzter in den Keller, er war ebenfalls mit Baby-Phone bewaffnet.

Als sich alle gesetzt hatten, ergriff Sepp das Wort und erzählte was ihm Britta mitgeteilt hatte. Leni und Hauke waren schon seit dem frühen Morgen

und wenn man es genau nahm, heute noch gar nicht gesehen worden. Seit Mike Leni gestern in die Wohnung begleitet hatte, hatte sie niemand mehr getroffen. Alle überlegten, wo sie sein könnten.
Die erste Vermutung, dass sie eventuell mit Astrid oder Biggi unterwegs waren ließ sich schnell entkräften, die zwei Betreuerinnen waren ja auf dem Festival am Chiemsee und Britta hatte bereits mit ihnen telefoniert. Hauke und Leni waren nicht dabei.

Vielleicht waren sie noch mal zum Festzelt gelaufen, wer weiß was es dort zu finden gäbe. Leni mit ihrer Neugierde war ja schließlich an allem interessiert.
Sepp machte sich nun auch große Sorgen. Er bekam langsam den Verdacht, dass Leni die Geschichte mit der entführten jungen Frau keine Ruhe ließ und sie wieder mal auf eigene Faust ermittelte...
Wie damals mit der Tasche der Krankenschwester...
Was hatte sie ihn gestern Abend gefragt? Was sie mit dem Lösegeld machen sollte falls sie die Tasche finden würde. Sie konnte doch unmöglich!! Doch sie konnte, je mehr Sepp darüber nachdachte, ums so mehr ärgerte er sich, dass er gestern nicht genauer hingehört hatte was Leni gefragt und gesagt hatte. Sie sagte doch etwas von dem roten Auto und er hatte ihr daraufhin das Wort abgeschnitten. War nicht Gabi dann nachhause gekommen und hatte gesagt, dass sie das Auto und sogar einen verletzten Mann ebenfalls gesehen hatte? Plötzlich ergab alles einen Sinn!
Wenn Leni womöglich das Auto und/oder das Lösegeld gesehen hätte, dann würde es vielleicht einen Grund geben, warum ein wildfremder Mann versucht hatte sie zu kidnappen.
Die Verletzung des Mannes, die Gabi beschrieben hatte, könnte ohne weiteres vom Hufeisen vom Huberbauern stammen.
Er teilte seine Befürchtungen den anderen mit. Es wurde wild durcheinander gesprochen und Vermutungen in alle Richtungen angestellt, bis plötzlich der General, in gewohnt militärischem Tonfall das Wort erhob: „Man muss Späher aussenden und Fußtruppen mobilisieren, dann wird das Gör schon zu finden sein. Eine Woche Arrest bei Wasser und Brot wird sie wohl zur Besinnung bringen!"
Alle verstummten und schauten den General an.

So laut er eben noch gepoltert hatte, so unerwartet sackte er nun in sich zusammen. Tränen füllten seine Augen und ganz leise flüsterte er: „Ich will nicht noch einmal meine Tochter verlieren, ich konnte sie schon damals nicht beschützen!"

Was alle nicht wussten, der General war in den achtziger Jahren irgendwo in Afrika stationiert gewesen. Bei Rassenunruhen wurde die Wohnsiedlung der Soldaten angegriffen und viele Frauen und Kinder getötet. Die Tochter des Generals war gerade 11 Jahre alt und hatte keine Chance. Sie wurde einfach beim Spielen im Garten erschossen. Die Mutter überlebte weil sie sich im Schlafzimmer unter dem Bett verschanzte. Sie wurde nie wieder die Alte, sie war den Rest ihres Lebens traurig und still.
Der General hingegen legte sich einen Schutzpanzer zu und lebte nur noch für das Militär.
Je gefährlicher das Krisengebiet war, in das er verlegt wurde umso lieber war ihm das.
Seine Ehefrau nahm er nie wieder mit. Als er in Pension geschickt wurde, verlor er jeglichen Halt und wurde immer sonderbarer. Seine Frau starb einige Jahre später im Wohnzimmer des gemeinsamen Hauses. Sitzend auf der Couch beim Fernsehen, während er im Keller eine Armee aus imaginären Soldaten kommandierte.
Erst zwei Tage später kam er wieder aus dem Keller und bemerkte den Tod seiner Frau.
Verwandte vermittelten ihm die Wohnung im „Ich + Du Haus", weil sie dachten, dort würde er sich nicht so einsam fühlen. Doch auch hier lebte der General zurückgezogen und in Kriegsspiele vertieft. Seine Nachbarn hier ließen ihn gewähren und bezogen ihn trotzdem immer in ihr gemeinsames Leben mit ein und siehe da, er betrachtete sie anscheinend doch ein bisschen wie seine Familie.

Der Gefühlsausbruch und die Tränen des Generals rührten alle Mitbewohner zutiefst.
Sepp erhob sich und legte ihm den Arm um die Schulter, aber der General stand sofort wieder ruckartig auf, schlug die Hacken zusammen und verabschiedete sich mit den Worten: „Waffenruhe beendet, Mission kann

beginnen!" und machte sich auf den Weg nach oben.

Die Worte des Generals hallten noch nach, er konnte seine Tochter nicht beschützen!
Brauchten Leni und Hauke ihren Schutz?
Bestimmt, wenn sie jetzt noch nicht zuhause waren.
Es musste etwas vorgefallen sein, hoffentlich hatte es nichts mit der Entführung zu tun.
Sepp rief seine Kollegen an und bat sie, die Augen offen zu halten.
Eine umfangreiche Personenbeschreibung war nicht nötig, Leni war in der Polizeistation von Sonnwang bekannt und Hauke war schnell beschrieben, er war zu unauffällig um auffällig zu sein.
Alle beschlossen sich auf die Suche im näheren Umfeld zu machen, vielleicht waren die beiden ja bei Gustl, da war Leni gestern ja auch schon ganz alleine. Wie sie allerdings Hauke zu einem Besuch auf dem Huberhof überreden konnte war allen noch nicht so ganz klar.
Schnell wurde besprochen wer welchen Weg nimmt, Dorfstraße oder Waldweg. Hans, der noch der blassere der beiden Brüder war wurde beauftragt hier mit dem Telefon und den zwei Babyphons die Stellung zu halten. Peter wurde beauftragt in Richtung Festzelt zu laufen und zu sehen, ob die beiden dort zu finden wären.
Mama Bachmeier packte ihn, bevor er losrennen konnte, noch schnell an den Ohren: „Lass ja die Finger von irgendwelchen alkoholischen Getränken, egal, wen du dort triffst und komm sofort wieder nach Hause!"

„Schaut doch mal in der Wohnung vom General nach!" mischte sich plötzlich Oma Bachmeier ein. „Gestern ist Leni aus der Wohnung geschlichen, ich hab es ganz genau gehört wie sie da unten rumgekramt hat als der General im Garten geschlafen hat. Du musst sie doch gesehen haben, sie ist dir doch förmlich in die Arme gelaufen wie der General die Treppe raufgepoltert ist?" wandte sie sich an ihre Tochter.
Gerda überlegte kurz: „Stimmt, sie ist mir mitten durch das frisch geputzte Treppenhaus getappt!"

Alle hielten inne, was sollte Leni beim General gewollt haben? Es war

hinlänglich bekannt, dass sie diesem aus dem Weg ging so gut es nur ging.
Leni fürchtete sich vor dem General.
Sie würde sich nie zu ihm in die Wohnung trauen, da waren sich alle sicher,
aber die Oma blieb beharrlich bei dem, was sie gehört hatte.

Sepp machte sich auf den Weg um beim General nachzufragen.
Im Flur gab es ein kurzes Wortgefecht, der General wollte wohl nicht gestört
werden.
„Wenn es das Gör war, das in meinen Reisetaschen so eine Unordnung
gemacht hat, dann werde ich ihr die Hammelbeine lang ziehen wenn ich sie
erwische!" schrie er Sepp noch nach.
Was meinte der er damit? Was hätte Leni mit den Reisetaschen des
Generals zu tun gehabt? Sepp konnte sich keinen Reim darauf machen.
Auf einmal dämmerte es ihm. Das Lösegeld war in einer Reistasche
gewesen, Leni hatte das gestern aus seiner Erzählung erfahren, vermutlich
verdächtigte sie den General!
Es wurde Zeit, sich aufzumachen und die beiden zu suchen.

Britta schlug vor sicherheitshalber Biggi nochmals anzurufen damit sie und
Astrid eventuell in die weiteren Schritte mit einbezogen wurden.
Mike übernahm den Anruf während Britta sich fertig machte und eine
Taschenlampe aus der Kommode holte. Es wurde immer dunkler.

Es folgte noch ein Anruf bei Astrid. Nachdem sie, wegen der Lautstärke der
im Moment spielenden Band, endlich verstanden hatte, um was es ging,
wollten sie und Biggi unbedingt bei der Suche helfen.
Sie waren mit dem Shuttle-Bus gefahren zum Festival gefahren, so dass sie
nun ohne Auto dastanden. Sepp erklärte sich bereit, die zwei so schnell es
ging am Festival-Eingang abzuholen.

Alle bis auf Hans, die Babys und dem General machten sich auf den Weg
um nach Leni und Hauke zu suchen.

Leni sah sich immer wieder um und rannte, so schnell es ihr möglich war, weg von der Hütte.

Immer dem Feldweg nach, irgendwohin musste er doch führen.

Die Vögel hörten auf zu singen weil es schon fast dunkel war. Leni hatte eine Heidenangst und dann auch das noch, da vorne stand ein Auto. Was wenn es die Entführer wären? Sie schlich sich näher und siehe da, das Auto war grün und nicht rot und es war ein Jimmy, der gleiche wie Sepp ihn fuhr. Ach wenn der Sepp doch hier wäre, der wüsste bestimmt einen Rat, er war doch Polizist.

Leni bemerkte, dass das Auto unter einem Jägerstand parkte und es sich vermutlich um den Jäger handelte, aber sicher war sie sich nicht. Sie versuchte vorsichtshalber ganz nah an den Bäumen unter dem Jägerstand und dem Auto vorbei zu schleichen, da hörte sie oben jemanden sprechen. Auf dem Jägerstand schimpfte ein Mann ganz fürchterlich: „Drecks Festival-Pack, mit der lauten Musik versprengen die mir das ganze Wild und niemand interessiert sich dafür. Die schmeißen ihren Dreck in den Wald. Sie halten hier Schäferstündchen und scheißen hinter die Büsche! So eine Schweinerei, verboten gehört dieses Schlamm-Gehüpfe, verboten gehört das! Sakrament!"

Leni, die neben einem Busch stand machte sicherheitshalber einen Schritt auf die Seite, nicht dass sie womöglich in die besagte Scheiße stieg.

Ob sie den Jäger um Hilfe bitten sollte? Doch gerade als sie von unten versuchte ihn zu erspähen, sah sie sein Gewehr das er über das Geländer gelehnt hatte.

Leni bekam Schluckauf und was für einen. Sie musste so laut hicksen, dass der Jäger es bestimmt hören würde.

Sie begann zu laufen ohne darüber nach zudenken was passieren könnte.

Sie lief jetzt neben dem Weg im Schutz der Bäume, sie wollte nur weg, Waffen machten ihr furchtbar Angst.

Da schrie der Jäger, der sie nun wohl tatsächlich gehört hatte: " Ja, lauft nur weg, hier in meinem Wald wird sich nicht herumgetrieben, schleichts euch zu eurer Hippiemusik zurück und lasst meine Viecher in Ruhe!" wie zur Bestärkung seiner Worte schoss er einmal in die Luft.

Jetzt rannte Leni erst recht, sie hatte ein Pfeifen in den Ohren, der Schuss war sehr laut gewesen und hallte in ihrem Kopf noch nach. Sie lief so schnell sie konnte, Tränen rannen über ihre Wangen und es war mittlerweile so dunkel, dass sie mehrere Male über Wurzeln und Äste stolperte. Ihr Schienbein begann wieder zu bluten und der Schluckauf wollte gar nicht mehr aufhören.

In ihren Ohren pfiff und klang es. Nein es pfiff nicht mehr, es klang! Das war doch Musik!

Sie blieb stehen um genauer zu lauschen und dann hörte sie es. Reggae Musik so wie sie Astrid im Auto hörte und wozu sie dann immer so schrecklich falsch mitsang. Das Festival, sie war irgendwo in der Nähe des Festivals. Sie musste nur dort hin finden, dann könnte sie Astrid und Biggi um Hilfe bitten. Die beiden waren doch heute dort, deswegen waren sie heute nicht mit ihr und Hauke zum See gefahren.

Als der Weg eine leichte Biegung machte, konnte Leni die Musik immer lauter hören und sie sah Licht, buntes Licht. Da musste das Festival sein, jetzt müsste sie einfach nur auf das Licht zulaufen.

Obwohl sie solche Angst hatte rannte sie, sie atmete keuchend und mittlerweile war ihr T-Shirt ganz nass vom Schwitzen. Die Erde vom Graben in der Hütte und der Schweiß vermischten sich und je mehr Leni versuchte sich das Gesicht abzuwischen um so mehr verteilte sie die Erde in ihrem Gesicht, so dass es aussah, als hätte sie Kriegsbemalung aufgelegt.

Das bunte Licht kam immer näher und die Musik war inzwischen so laut, dass Leni ihr eigenes Atmen nicht mehr hörte. Sie konnte den Jäger jetzt verstehen, die armen Rehe und vor allem, die niedlichen Hasen, die hatten alle bestimmt ganz fürchterliche Angst.

Leni war fast da, als sie plötzlich vor einem Zaun stand, so hoch, dass man nicht darüber steigen konnte und auch nicht darunter durch krabbeln, wie sie es früher zuhause bei ihren Eltern immer gemacht hatte. Es musste doch eine Türe geben. Leni ging immer weiter und weiter. Da war ein Toilettenwagen, den hätte sie jetzt gut gebrauchen können. Der Besuch des Plumpsklos war schon eine Weile her. Sie schlich weiter am Zaun entlang, dahinter waren viele Buden und Wägen hinter denen jede Menge Müll in der Wiese lag. Manchmal sah sie Menschen an der Vorderseite der Buden vorbeilaufen, aber sie war so außer Atem, dass sie nicht sehr laut rufen konnte und die Musik war mittlerweile so unerträglich laut, dass sie auch niemand hören konnte. Sie schlich einfach weiter, es musste doch eine Tür geben.

Da roch sie es! Mandeln! Gebrannte Mandeln, oh, was hatte Leni für einen Hunger, was gäbe sie jetzt alles für eine Tüte Mandeln. Doch halt, danach hatte doch der böse Mann gerochen. Der, der versucht hatte sie zu packen als sie die Tasche beim Huberbauern versteckt hatte. Der, der sie in den Sack gesteckt hatte, der, der im Auto war und der, der Hauke gefangen hatte.

Plötzlich hatte Leni keinen Appetit mehr auf gebrannte Mandeln. Ihr fiel ein, auch Johanna hatte den Geruch von gebrannten Mandeln an dem Mann bemerkt. Da war er wieder, der Schluckauf!!! Leni hatte Angst und sie begann zu bibbern. Das lag nicht an der feuchten Kühle der Sommernacht, das lag an der Erkenntnis, dass der Mann vielleicht hier irgendwo war und ihr womöglich auflauerte. Sie machte sich so klein wie es nur irgendwie ging und versuchte hinter dem Wagen, der anscheinend gebrannte Mandeln verkaufte, vorbei zu kommen. Sie musste ganz dringend zu Biggi und Astrid. Die Türe des Wagens ging plötzlich auf und Licht fiel durch den Zaun auf die Wiese. Der Lichtstrahl erfasste Leni Gott sei Dank nicht, sie war noch zu weit entfernt, aber sie konnte sehen, wer in der Türe stand.

Der Mann mit dem roten Bart, der Riese! Er warf einen leeren Karton aus der Türe und unterhielt sich mit einem Mann der in dem Wagen stand. Leni konnte den Verband am Kopf des Dünnen deutlich erkennen. Der Dünne! Der zweite Entführer! Die Besonderheit der Sprache in der sich die beiden unterhielten war nicht zu verwechseln. Das „ch ch ch" des Tiroler Dialekts war unüberhörbar. Die Entführer waren hier am Festival, sie hatten einen Mandelstand und - sie hatten sie nicht bemerkt. Gott sei Dank!

Was sollte sie jetzt nur tun. Sie musste hier weg schnell, aber wohin? Sie versuchte ihr Hicksen zu unterdrücken.

Sie musste zu Biggi und Astrid und sie brauchte einen Eingang.

Sie lief los, schnell und ohne sich umzusehen. Sie lief und lief bis sie völlig außer Atem war, immer neben dem Zaun, bis dieser plötzlich einfach zu

Ende war.

Dort, wo bis heute Mittag Kassenhäuschen und Eingangskontrollen waren, war jetzt alles offen. Es war der letzte Tag und das letzte Konzert des Festivals, da wurde kein Wert mehr auf Eintrittskarten gelegt. Leni fiel ein Stein vom Herzen, sie konnte somit ungehindert auf Festivalgelände gelangen. Unsicher stand sie im Eingangsbereich und sah sich um, wohin sollte sie sich wenden? Wie sollte sie Astrid und Biggi finden?

Viele Leute liefen an ihr vorbei, hinein und hinaus, alle mit bester Laune, teils tanzend, teils torkelnd.

Niemand nahm Notiz von ihr, einer kleinen, komplett verschmutzen jungen Frau mit Down Syndrom die da alleine und verlassen mit Schluckauf am Festivaleingang stand.

Nur einer! Die Tür des Jimmys flog auf und Sepp rannte auf sie zu. Er riss sie in die Arme und hob sie in die Höhe. „Leni, mein Gott Leni, wie siehst du denn aus?"

In selben Moment kamen Biggi und Astrid ums Eck um mit Sepp nach Hause zu fahren und bei der Suche nach Hauke und Leni zu helfen.

Sie blieben mit offenem Mund stehen als sie die schmutzige, nun haltlos weinende Leni sahen.

„Leni, was ist passiert, um Himmels willen, wo kommst du her, wo ist Hauke?" riefen die beiden wie aus einem Mund.

Auch die zwei wurden nicht fertig, Leni zu umarmen und zu drücken, mittlerweile waren alle komplett mit Erde beschmiert.

34.

Leni konnte vor Erleichterung und Schluchzen gar nicht sprechen, sie streichelte immer wieder die Backe von Astrid, die nun auch weinte.

Ja trösten konnte Leni besonders gut.

Sepp rief seine Kollegen an um erst einmal Entwarnung zu geben. Wo Leni war konnte ja Hauke nicht weit sein. Dann beugte er sich zu Leni hinab um sich nach dem Verbleib von Hauke zu erkundigen. Schwach kam die

Antwort: „In der Hütte, gefangen!"
Sepp schaute Leni vorwurfsvoll an: „Leni?!?" einen kurzen Augenblick
später: „Leni keine Räubergeschichten, wo ist Hauke?!"
„In der Hütte mit Johanna, die Entführer haben uns gefangen, ich wollte Hilfe
holen und ich habe die beiden gefunden, die zwei Entführer sind hier, ich
kann sie dir zeigen!"
„Leni, in welcher Hütte und welche Entführer?" fragte Sepp jetzt doch ein
wenig verärgert.
Die Erleichterung wich einem sorgenvollen Blick, in was verrannte Leni sich
jetzt wieder?

Leni straffte die Schultern und sagte mit fester Stimme: „Die Entführer
riechen nach Mandeln, sie sind da vorne an einem Stand. Ein Riese mit
roten Haaren und ein Mann mit einer Platzwunde am Kopf, er hat einen
Verband. Er hat Johanna mit Essen und Trinken versorgt und er ist gemein.
Er hat Hauke und mich in den Sack gesteckt beim Huberbauern.

Sepp wollte nicht glauben was er hörte, doch je mehr er überlegte ergab
alles, was Leni sagte, einen Sinn.
Sie würde doch nicht ernsthaft auf eigene Faust…
Doch! Als er sie genauer betrachtete wurde ihm klar, sie war bereits tief in
die Geschichte verwickelt.
Wenn es stimmte und sie wirklich die beiden Männer identifizieren könnte,
würden die zwei sie vielleicht zu Johanna und Hauke bringen. Das war die
im Moment die einzige Möglichkeit, einen Versuch war es wert.
Er fragte Leni, ob sie ihm sicher die beiden Männer zeigen könne. Mit stolz
geschwellter Brust erwiderte sie: „Ja, ich kenne die Entführer und ich zeige
sie dir!"
Sepp nahm sie an der Hand, Biggi und Astrid folgten den beiden. Leni bog
sofort nach rechts ab und ging zielsicher an den vielen Verkaufsbuden an
denen es Bratwurst, Getränke, CDs aber auch Regenbekleidung und
Gummistiefel zu kaufen gab vorbei, bis sie in einiger Entfernung vor einem
Stand an dem Zuckerwatte und gebrannte Mandeln angeboten wurden
stehen blieb. Dort waren zwei Männer in Aufräumarbeiten vertieft.
Sie versteckte sich hinter Sepp und bekam sofort Schluckauf, sie flüsterte:

„Das sind die beiden! Ganz ehrlich Sepp, das ist die Wahrheit!"
Sepp sah sich um, der Riese mit dem roten Bart entsprach genau Leni´s
Beschreibung und selbst der Dünne mit Kopfverband aus ihrer Erzählung
war unübersehbar.
Das konnte sich nicht einmal Leni ausdenken, Sepp begann immer mehr ihr
die Geschichte zu glauben.
Die beiden Männer hatten nicht bemerkt, dass sie beobachtet wurden, sie
waren damit beschäftigt, den Verkaufswagen aufzuräumen, da das Festival
nun endgültig dem Ende zu ging.
Sepp schob Leni mit den Worten zu Astrid und Biggi: „Bringt sie hier weg,
wartet beim Auto auf mich!"
Die beiden nahmen Leni in ihre Mitte und verließen so schnell es ging das
Gelände.

Sepp nahm in der Zwischenzeit das Telefon und verständigte die Münchner
Kollegen, die Kollegen der SOKO „Johanna" und seine Kollegen vor Ort.
Es bedurfte einiger Erklärungsversuche, bis sie ihm diese waghalsige
Geschichte glaubten, doch dann ging alles ganz schnell.
In Windeseile waren vor dem Festivalgelände Polizisten in Zivil und in
einigem Abstand nahmen uniformierte Polizisten Stellung.
Zwei Kommissare aus München unterhielten sich lange mit Sepp, kamen
kurz zum Jimmy in dem die drei Frauen saßen und sprachen dann viel in ein
Funkgerät. Das Festival bekam in diesem Moment noch einige unerwartete
Besucher!

Die Kommissare machten sich völlig unauffällig auf den Weg zum
Mandelstand, sie wollten sich als Vorwand eine Tüte mit gebrannten
Mandeln   kaufen. Als die beiden Männer im Verkaufswagen sich den
späten Kunden zuwandten, zogen diese ihre Dienstausweise heraus und
baten sie heraus zu kommen. Der Dünne versuchte noch durch die Hintertür
zu flüchten, jedoch hatte er nicht damit gerechnet, dass auch hinter dem
Wagen mittlerweile bewaffnete Polizisten standen, die ihn dort schon in
Empfang nahmen.
Der rote Riese versuchte erst gar nicht zu fliehen. Er rief dem Dünnen nur
noch ein paar Verwünschungen hinter her. Dieser sei schuld an dem ganzen

Schlamassel, weil er einfach zu blöd für alles sei und noch vieles mehr.
Er wurde daraufhin etwas unsanfter aus dem Verkaufswagen gezogen, so
dass er sich das Schienbein anstieß und mit lautem Aua, seine Schimpferei
beendete.

Leni sollte sich später sehr darüber freuen, als Sepp ihr davon erzählte.
Geschah ihm recht dem Grobian.

Der Dünne versuchte noch sich herauszureden: „Ich kann nichts dafür, das
war alles seine Idee!" und deutete dabei auf den roten Riesen, der dazu nur
verächtlich vor ihm auf den Boden spuckte. Der Riese wurde weggebracht
und der Dünne lamentierte stetig weiter.
Da zog einer der Polizisten etwas aus der Gesäßtasche der Jeans des
immer noch lauthals schimpfenden Mannes.
Ein rosarotes Geschirrtuch? Nein, ein T-Shirt. Johannas T-Shirt.
Nun verstummte sogar der dünne Mann und ließ sich widerstandslos
abführen.

35.

So schnell wie alles begonnen hatte, so schnell war es vorbei. Polizisten
untersuchten den Mandelwagen, andere brachten die Entführer weg und die
Münchner Kommissare kamen zum Jimmy zurück um Leni kennen zu
lernen.

„Leni, wie geht es dir? Schön dich kennen zu lernen, vielen Dank für deine
Hilfe! Wir haben die beiden verhaftet, du brauchst keine Angst mehr zu
haben!"
Leni sah ihn mit großen Augen an: „Ich habe keine Angst mehr, jetzt ist ja
der Sepp da! Aber Hauke hat Angst, er und Johanna haben sogar geweint!
Wir müssen ganz schnell los und sie holen!"
„Kannst du uns beschreiben, wie wir die beiden finden können, wo sie
gefangen gehalten werden? Ist da noch jemand, der auf sie aufpasst?

Kennst du die Straße, das Haus?"

Sooo viele Fragen auf einmal, Leni wusste nicht was sie antworten und wie sie die Hütte beschreiben sollte. Sie hatte sie ja nur kurz beim Weglaufen von hinten gesehen. Es gab auch keine Straßennamen. Als sie zur Hütte gebracht worden waren, hatten sie und Hauke Säcke über dem Kopf, all das erzählte sie nun den Kommissaren.

Anschließend überlegte sie kurz, richtete sich dann stolz auf und sagte mit erhobenen Kopf: „Ich bringe euch hin, aber ihr müsst laufen, da kann man nicht Auto fahren, der Weg ist zu schmal!"

So kam es, dass Leni an der Hand von Sepp voraus ging, immer am Zaun entlang so wie sie gekommen war.
Viele Polizisten mit Taschenlampen und Pistolen im Anschlag folgten. Ein Arzt und ein Sanitäter waren auch dabei. Leni lief schnurstracks bis zum Feldweg und weiter und immer weiter, bis sie plötzlich stockte als sie in einiger Entfernung den Jägerstand entdeckte. „Da sitzt ein Mann mit Gewehr oben, vor dem habe Angst, er hat auf mich geschossen!" erzählte Leni und umklammerte Sepps Hand ganz fest. Sepp sah sie ungläubig an.
Einige Polizisten löschten ihre Taschenlampen und schlichen voraus, doch der Jäger hatte die Prozession schon von weitem gesehen. Er stand auf seinem Jägerstand und fuchtelte mit dem Gewehr: „Ja seid ihr jetzt total übergeschnappt, auch noch eine Nachtwanderung durch meinen Wald, als wäre das Festival nicht schon genug Radau!"
Weiter kam er nicht, da wurde er von hinten gepackt und vom Stand gezogen. Ehe er sich versah hatte er Handschellen und wurde von zwei Polizisten Richtung Festival Gelände geleitet. Dort sollten dann seine Personalien und sein Waffenschein überprüft werden.

Leni zog den Kopf ein, als der Jäger an ihnen vorbeigeführt wurde. Dieser schien erst jetzt zu begreifen, dass es sich um einen Polizeieinsatz handelte. Er wirkte plötzlich sehr kleinlaut.
Tief Luft holend zog Leni an Sepps Hand und begann wieder zu laufen.
„Sepp beeil dich, ich habe Hauke und Johanna versprochen Hilfe zu holen,

sie warten auf mich. Lass uns schnell laufen!" Sepp stolperte neben Leni her, denn trotz des Lichtes der Taschenlampen waren nicht alle Wurzeln zu erkennen. Ab und zu entkam ihm ein kleiner Fluch, wenn er sich wieder das Bein stieß, doch Leni machte keine Pause und marschierte immer schnurgerade aus. Sie hatte es schließlich versprochen! Sie, Leni würde Hilfe bringen!

Der Hinweg war ihr so weit und lange vorgekommen, doch jetzt zurück ging alles sehr schnell, sie konnte die Hütte und das Plumpsklo schon von weitem erkennen.

Als sie kurz vor der Hütte waren schob Sepp Leni hinter sich, die Polizisten gingen voran und umstellten die Hütte. Leni konnte nicht verstehen warum, aber Sepp hielt sie einfach fest.

Zwei Polizisten knackten das Schloss mit einer großen Zange Leni konnte hören wie die Kette zu Boden fiel. Vorsichtig öffneten sie die Tür und leuchteten ins Innere der Hütte, dort waren sie, Johanna und Hauke, Johanna lag zusammengekauert auf dem kaputten, stinkenden Sofa. Hauke saß kerzengerade neben ihr!!! Er bewegte sich nicht und Johanna musste erst einmal die Augen zusammenzwicken, da sie das grelle Licht der Taschenlampen blendete.

Als ihr klar wurde, dass nicht die Entführer zurückgekehrt waren, sondern dass dies anscheinend die Hilfe war, die Leni versprochen hatte, begann Johanna zu weinen und Hauke zu schütteln: „Hauke, Hauke, mach doch die Augen auf! Da sind Polizisten, mach doch bitte die Augen auf!"

Doch Hauke war anscheinend wieder in seine Schockstarre verfallen, die Hände fest in den Hosentaschen, Augen und Mund zusammengepresst saß er stocksteif auf dem Sofa und rührte sich kein bisschen.

Die Polizisten leuchteten ihm direkt ins Gesicht als sie sich in der kleinen Hütte umsahen und wussten nicht so recht, was sie mit ihm anfangen sollten. Sie würden den Doktor schicken.

Schnell war klar, dass sich hier außer den beiden niemand aufhielt.

Nachdem die Einsatzkräfte Entwarnung gegeben hatten, stürmte Sepp noch vor dem Arzt los um in der Hütte nach Hauke zu sehen.

Ihm bot sich ein Bild, das er bestimmt nie wieder vergessen würde. Hauke saß kerzengerade auf einem, bei näherer Betrachtung für seine Verhältnisse unzumutbar schmutzigen und zerfetzen Sofa, er war von Kopf bis Fuß mit Erde beschmiert, die Haare standen ihm zu Berge, er hatte keine Schuhe an und atmete nur ganz langsam.

Der herbeigeeilte Arzt kniete sich vor Hauke und versuchte mit ihm zu sprechen, doch Hauke bewegte sich nach wie vor keinen Zentimeter. Dem Sanitäter der sich mittlerweile um Johanna kümmerte erzählte diese, dass Hauke hier so saß, seit Leni aus der Hütte gekrochen war. Auch sie hatte ihn seitdem zu keinerlei Regung bewegen können.

Draußen vor der Hütte zerrte Leni ungeduldig an der Hand von Fritz, dem Azubi der Sonnwanger Polizeistation, dieser war von Sepp damit beauftragt worden war auf sie aufzupassen.

Er konnte sie kaum bändigen und noch ehe er sich versah, trat sie ihm derart heftig ans Schienbein, dass er unvermittelt ihre Hand los ließ und aufschrie.

Leni rannte an all den herumstehen Polizisten vorbei in die Hütte und stürmte auf Hauke zu.

Sie sprang auf das Sofa, vor dem der Notarzt kniete.

Sie umarmte Hauke so stürmisch, dass sie beide umkippten. Hauke fiel nach hinten auf das Sofa und in dem Moment als seine Wange beim Fallen die schmutzige Rückenlehne streifte, erwachte er aus seinem Schockzustand. Er begann laut zu schreien, dann folgten unzusammenhängende Sätze wie: „Igitt und Pfui und widerlich, da haben die Ratten drauf gepinkelt! Ich muss mir die Hände waschen dringend! Leni geh sofort runter von mir, ich muss aufs Klo! Ich muss hier raus!"

Dann verstummte er von einer Sekunde auf die andere und sah Leni genauer an, er bemerkte wie sie aussah und dass ihr Freudentränen über die Wangen liefen, die dabei weiße Spuren in ihrem Gesicht hinterließen.

Er schob sie von sich und versuchte sie dabei so wenig wie möglich zu berühren.

„Igitt, Leni, du bist schmutzig, geh weg von mir, wie siehst du denn überhaupt aus!" ließ er mit einem strafenden Unterton verlauten.

Alle Umstehenden waren von Haukes plötzlicher Reaktion und seinem lauten Geschrei erschrocken und starrten ihn nun an.

Es war wirklich eine komische Situation, ein restlos verschmutzter junger Mann auf einem noch schmutzigeren Sofa schob eine kleine Frau mit Erdresten an Händen, Gesicht und Kleidung von sich, mit der Bemerkung, sie solle ihn nicht schmutzig machen. Jetzt brachen alle Dämme und vor lauter Erleichterung begannen alle zu lachen, über Hauke, über Leni, und über Fritz, der Leni in die Hütte nachgerannt war und sich dabei das Schienbein hielt, und vor allen Dingen darüber, dass alles gut ausgegangen war.

Mittlerweile waren von der anderen Seite des Feldweges jede Menge Polizeiautos zur Hütte gekommen, Alle hatten blinkende Blaulichter und die, die neu kamen hatten teilweise sogar die Sirenen an.
Das war alles so aufregend für Leni. Sie hielt Haukes Hand ganz fest egal wie sehr er auch versuchte sich ihr zu entwinden und lehnte sich an Sepp, der schützend den Arm um sie gelegt hatte.
Sepp unterhielt sich mit den Kommissaren aus München, die hatten entschieden, dass Leni und Hauke nach Hause fahren durften. Morgen müssten sie beide zur Vernehmung im Polizeirevier erscheinen.
Der Arzt hatte bei der Untersuchung keine Verletzungen feststellen können, nur Verschmutzungen, wie er abschließend bekanntgab.
Wieder brach kurzes Gelächter aus, Hauke fand das gar nicht lustig. Er hatte mittlerweile seine Kleidung in der grellen Beleuchtung, die die Polizei aufgestellt hatte, genauer betrachtet und mit Entsetzten festgestellt, dass sie voller Erde, Stroh und was weiß der Teufel was noch allem war. Er wagte nun nicht einmal mehr seine Hände in die Hosentasche zu stecken.
Gut, dass er sein Gesicht noch nicht gesehen hatte….
Johanna wurde von einem Krankenwagen abgeholt. Sie sollte laut Arzt sicherheitshalber eine Nacht im Krankenhaus verbringen, genauere Untersuchungen müssten noch gemacht werden und sie brauchte dringend Ruhe. Die Polizei hatte ihre Eltern mittlerweile benachrichtigt und die hatten sich aus München schon auf den Weg zum Krankenhaus gemacht.

Biggi und Astrid waren inzwischen vom Festival Gelände mit dem Jimmy von Sepp ins
„Ich + Du - Haus" vorausgefahren um die anderen Hausbewohner zu informieren, zumindest über das, was sie zu diesem Zeitpunkt schon wussten.
Sepp begleitete Hauke und Leni zu einem der Polizeiautos, das ihn und die beiden verschmutzen Gestalten nach Hause bringen sollte.
Als sich die zwei auf den Rücksitz gesetzt hatten stieg Sepp zu dem Beamten ins Auto und sagte: „Heute aber mit extra Sirene und Blaulicht für unsere kleine Heldin!"

Und los ging die Fahrt, Leni konnte ihr Glück nicht fassen, sie fuhr in einem richtigen Polizeiauto mit echter Sirene und flackerndem Blaulicht. Sie fühlte sich wie eine Superheldin, sie genoss jeden einzelnen Augenblick der Fahrt und sie hatte Schluckauf, aber dieses Mal vor Freude!
Nur Hauke, der versuchte so weit wie möglich von ihr weg zu rutschen, dass sie ihn ja nicht wieder mit ihren schmutzigen Händen anfassen konnte.
Als sie am „Ich + Du Haus" ankamen standen schon alle Bewohner auf der Straße, sie hatten das Polizeiauto schon von weitem kommen gehört und gesehen.
Leni stieg aus und alle stürmten auf sie zu um sie zu drücken und zu umarmen, ungeachtet ihres Aussehens und ihrer schmutzigen Kleidung. Der General nahm Haltung an und salutiere als sie an ihm vorbei ging.
Hans und Peter schauten sie fast ein wenig ehrfürchtig an. In eine Entführung verwickelt, die kleine Leni, wenn sie das morgen in der Schule erzählen würden, wären sie und das
„Ich + Du Haus" Gesprächsthema Nummer eins.
Die Nachbarn einer Heldin, vielleicht würde Leni´s Ruhm ein wenig auf sie abfärben.

Mike hatte Britta fest im Arm, sie weinte vor Erleichterung und Gerda und Oma Bachmeier weinten gleich mit. Gerda Bachmeier konnte sich den Kommentar nicht verkneifen: „Siehst Leni, ich hab es euch immer gesagt, nimm dich vor den Männern in acht, alles Hallodris!"

„Mit Ausnahme vom Luggi" warf Gabi ein: "Den erziehst du schon zu einem Weichei mit deiner ständigen Verwöhnerei!"

Sepp schmunzelte. Ja, Verwöhnen konnte die Gerda und Kochen und Kuchen backen.

Oft brachte sie ihm unaufgefordert und ohne besonderen Anlass ein Teller mit Essen oder ein Stück Kuchen vorbei, weil er doch schließlich keine Frau hatte.

Hauke saß noch ein wenig ratlos auf dem Rücksitz und wusste nicht, wie er auf diese stürmische Begrüßung reagieren sollte. Berührungen waren ihm ein Graus, er wollte schnellstmöglich duschen und seine Hände waschen, die Klamotten mussten dringend in die Maschine und außerdem hatte er genug von all der Aufregung. Morgen musste er schließlich um Punkt 6.30 Uhr an der Bushaltestelle stehen und es war schon nach 23.00 Uhr. Das war nicht richtig an einem Sonntag um diese Uhrzeit noch nicht im sauberen Pyjama im Bett zu liegen.

Sepp kam um den Wagen und öffnete Hauke die Türe: "Komm, ich bringe dich nach Hause!"

Wortlos schlich Hauke hinter Sepp her und versuchte den Blicken der Anderen auszuweichen.

Als die ihn sahen erstarrten sie vor Schreck, Hauke war schmutzig!!! Und wie!!! Vom Scheitel bis zur Sohle war er mit Erde und Stroh beschmutzt, sogar in seinem Gesicht gab es zahlreiche Dreckspuren. Die Haare standen wirr vom Kopf ab, obwohl er doch so großen Wert auf seinen akkuraten Scheitel legte.

Hauke konnte die entsetzten Blicke förmlich spüren und nutzte die erste Verwirrung um in Windeseile an den anderen vorbei, in seine Wohnung zu laufen. Sepp folgte ihm langsam und bedeutete den anderen, draußen zu warten, doch da war es schon geschehen. Hauke hatte sich im Flur im Ankleidespiegel gesehen. Er stand vor seinem Spiegelbild und bewegte sich nicht mehr. Sepp befürchtete schon, dass er nun wieder in seine Schockhaltung verfallen würde, aber etwas ganz merkwürdiges geschah. Hauke ging näher an den Spiegel, betastete seine strubbligen Haare, befühlte den Schmutz in seinem Gesicht, fuhr mit den Händen über seine dreckige Kleidung, sah sich immer und immer wieder seine klebrigen Hände an und begann zu lachen. Hauke lachte und lachte und lachte. Er schnitt sich selber Grimassen zu, verwuschelte seine Haare noch mehr, rieb mit den schmutzigen Fingern in seinem schmutzigen Gesicht herum. Er hörte dabei nicht auf zu lachen. Laut und herzlich lachte er, nicht panisch, es war ein fröhliches glückliches Lachen.

Die Bewohner waren mittlerweile gemeinsam mit Leni vor der Wohnungstüre angekommen und beobachteten aus sicherer Entfernung das Spektakel. Ihnen war das alles nicht geheuer. Ob Hauke womöglich einen Schock hatte durch die Entführung, ob er jetzt verrückt wurde? Sie wussten nicht wie sie auf Haukes Verhalten reagieren sollten, nur Leni, die ging einfach auf ihn zu und umarmte ihn.

Sie begann zu singen: „Heile heile Gänschen, wird schon wieder gut...!" sie wiegte Hauke, der immer noch nicht aufhören wollte zu lachen. Leni sang einfach weiter und Hauke lachte weiter.

Plötzlich hielt Leni inne. Sie umarmte Hauke und hielt ihn nun schon richtig lange fest.

Er schrie nicht und er schubste sie weg, er lachte. Fragend schaute sie ihn an und Hauke sagte: „Leni, ich bin schmutzig, ganz schmutzig und du auch!" Er zog Leni in seine Arme drückte sie und gab ihr einen flüchtigen Kuss auf die Stirn und ging dann wortlos ins Bad. Kurze Zeit später hörte man die Dusche laufen und Hauke singen:

„Heile heile Gänschen...!" immer wieder unterbrochen von lautem heftigen Lachen.

Alle stürmten nun mit in die Wohnung und redeten durcheinander, alle wollten von Leni eine genaue Berichterstattung über alles was vorgefallen war, aber Sepp schob sie aus der Türe und sagte: „Morgen! Lasst sie erst mal schlafen, es war aufregend genug heute für uns alle!"

Er schloss die Türe und setzte sich zu Leni in die Küche.

„Leni ich bin wirklich stolz auf dich, du warst sehr mutig, aber du hättest zu mir kommen sollen und nicht auf eigene Faust etwas unternehmen. Morgen musst du mir und meinen Kollegen ganz genau erzählen, wie sich das alles zugetragen hat!"

Leni gähnte und nickte mit dem Kopf. Morgen, ja morgen würde sie Sepp alles erzählen, heute war sie viel zu müde.

Schon nach zehn Minuten ging die Bad Tür auf und ein sauberer Hauke im Pyjama mit Bügelfalten stand im Flur. „Bin fertig, du kannst in die Dusche!" rief er, einer völlig verdatterten Leni zu. Normalerweise duschte Hauke bei geringsten Anzeichen von Staub oder Schmutz an seinem Körper mindestens eine halbe Stunde, nach dem Besuch damals am Stall vom Huberbauern sogar eine Stunde lang.

Heute nach der Buddelei, dem Aufenthalt in der schmutzigen Hütte und dem Sitzen auf dem ekligen Sofa war er nach zehn Minuten fertig? Leni konnte es nicht fassen.

Sepp schob sie nun in Richtung Bad und sagte: „Geh schon, ich kümmere mich um Hauke!" Doch der war bereits in seinem Zimmer verschwunden, hatte sich ins Bett gelegt und die Decke bis zur Nasenspitze gezogen. Sepp öffnete die Türe und setzte sich in den Sessel neben Haukes Bett.

„Ist wirklich alles in Ordnung?" fragte er Hauke.

Dieser begann wieder zu lachen und erwiderte: „Ich war so schmutzig, das Wasser in der Dusche war ganz braun, aber es ist alles abgegangen. Meine Mutter hatte nicht recht mit dem, was sie immer zu meinem Vater gesagt hat wenn sie gestritten habe."

Sepp fragte nach: „Was hat denn deine Mama immer zu deinem Papa gesagt?"

Hauke antwortete: „Wenn du dir einmal im Leben die Hände schmutzig gemacht hast, bleibt der Dreck ein Leben lang an dir hängen! Aber es stimmt nicht, schau!"

Er streckte Sepp seine blitzblanken Händen entgegen, lachte wieder, dann sagte er zu Sepp: „So, du kannst jetzt gehen, ich muss schlafen, um 6.30 Uhr geht der Bus!"

Sepp wusste, dass es keinen Sinn machen würde, Hauke jetzt zu erklären, dass er morgen sicher nicht arbeiten müsse. Für heute war genug geredet. Er würde Hauke morgen früh, wenn er aus dem Haus gehen wollte in Empfang nehmen und mit ihm und Leni aufs Revier fahren um von beiden die Einzelheiten zu erfahren. Bis dahin war genug Zeit um zu schlafen.

In der Küche saß Leni frisch geduscht und hatte eine Tasse Kaba in der Hand. Britta war gekommen um nach ihr zu sehen, die anderen Bewohner inklusive Astrid und Biggi hatten sich im Keller-Versammlungsraum zusammengesetzt. Sie warteten alle gespannt auf Sepp, damit sie endlich Einzelheiten erzählt bekämen.

„Leni, Leni, du alte Kriminalerin, wo bist du da nur rein geraten? Musst du denn deine Nase überall hineinstecken? Du hast dich in große Gefahr gebracht, ist dir das überhaupt klar?"
Sepp lehnte an der Türe, selbst ihm schien erst jetzt, als Ruhe einkehrte das Ausmaß der Geschichte klar zu werden und wie gefährlich es für Leni, Hauke und auch für Johanna tatsächlich gewesen war. Ein Schauer lief ihm über den Rücken.
„Ich lasse euch zwei jetzt mal alleine, aber macht nicht mehr zu lange, morgen wird ein anstrengender Tag für dich Leni.
Du musst der Polizei alles ganz genau erzählen und sie werden dir viele, viele Fragen stellen. Also versuch jetzt schnell zu schlafen. Ich geh inzwischen zu den anderen und erzähle ihnen was ich mittlerweile schon weiß."

Britta nahm Leni ganz fest in den Arm und drückte sie: „Ach Leni, wir haben uns alle solche Sorgen gemacht. Ich bin so froh, dass dir und Hauke nichts passiert ist!"
Leni streckte stolz die Brust heraus und meinte: „Aber ICH habe Johanna befreit und Hauke auch und ICH bin im Polizeiauto gefahren mit Blaulicht und Sirene, wie ich es mir immer gewünscht habe. Ich habe gar keine Angst mehr und du brauchst dir auch keine Sorgen machen.
Ich geh jetzt ins Bett und versuche mich an alles zu erinnern, damit ich es den Polizisten ganz genau erzählen kann!" Leni trank den letzten Schluck vom Kakao aus und machte sich auf den Weg zu ihrem Zimmer. Im Gehen rief sie Britta noch zu: „Wir müssen Karotten kaufen für Gustl! Er hat mir schließlich gestern das Leben gerettet!" und weg war sie.
Britta blieb noch ein wenig sitzen und wünschte sich in brünstig ein wenig von Leni´s kindlichem Gemüt.

Am nächsten Morgen saßen Leni und Hauke lange, sehr lange bei der Polizei. Es waren viele Leute anwesend, Herren in Anzügen, Polizisten in Uniform und auch die beiden Kommissare von gestern waren mit dabei. Sie saßen an einem Tisch auf dem ein Mikrofon stand und die Kommissare saßen ihnen gegenüber. Sie erzählten Leni und Hauke was inzwischen passiert war.

Die ganze Nacht waren die beiden Entführer verhört worden. Der rote Riese sagte kein Wort und beharrte auf sein Recht, die Aussage zu verweigern. Der Dünne dagegen zwitscherte wie ein Vogel, wie der Kommissar das nannte. Leni hätte das zu gerne gehört, ein Mann der zwitschern konnte. Vielleicht konnte der sich sogar mit den Vögeln unterhalten...

Leni kam nicht weiter mit ihren Gedanken, denn nun musste sie Fragen über Fragen beantworten und immer wieder ihre Geschichte von vorne erzählen. Wo das rote Auto stand, warum sie dort spazieren ging, wie sie das Geld gefunden hatte und warum sie es überhaupt mit nach Hause nahm. Leni erklärte, dass ihre Mama immer gesagt habe, man müsse auf Geld gut Acht geben und man dürfe es nicht einfach so herumliegen lassen. Es sei doch schon gegen Abend gewesen und niemand war weit und breit zu sehen gewesen.

Sie habe einen Brief dagelassen und außerdem wollte sie es am nächsten Morgen sofort zurückbringen, aber das Auto war weg und stattdessen hatte sie die Pistole gefunden. Sie erzählte, dass sie die Pistole zum Geld in die Tasche gepackt hatte, sich aber so vor der Waffe gefürchtet habe, dass sie beschloss, die Tasche beim General zu verstecken, da der sich bestimmt nicht vor einer Pistole fürchten würde.

Oh Herr je, jetzt würde Herr Detterbeck erfahren, dass sie in seine Wohnung eingebrochen war, das würde riesigen Ärger geben.

Leni dachte einen kurzen Moment daran, dass der General vielleicht nichts von ihrem Einbruch erfahren müsste, aber die Polizei wollte auch bei ihm vor Ort Spuren sichern.

Das könnte ja lustig werden, wenn sie später nach Hause kam. Leni bekam Schluckauf.

Sie wurde so nervös, dass sie sich ständig verhaspelte beim Erzählen und alles durcheinander brachte.

Hauke half Leni so gut er konnte die Dinge in die richtige Reihenfolge zu bringen. So reihte sich Einzelheit an Einzelheit und die Polizisten und Kommissare mussten ein ums andere Mal nachfragen weil sie die Geschichten nicht glauben konnten.

Besonders als Leni vom Vorfall mit dem Hufeisenwurf vom Huberbauern und vom gezielten Tritt von Gustl erzählte kamen sie aus dem Staunen gar nicht mehr heraus. In München wussten die nicht einmal, dass man mit Hufeisen Sport machen konnte. Leni wunderte sich sehr. Das nannten die GROSS-Stadt und hatten doch so wenig Ahnung - merkwürdig.

Dass sie sich nicht mit Pferden auskannten konnte sie verstehen, in München gab es schließlich nur Autos, viele Autos, das hatte sie schon ein paar Mal erlebt als sie in den Tierpark gefahren war und ins Museum. Immer mussten sie ewig im Stau stehen.

Aber das mit dem Hufeisenwerfen, das ließ ihr keine Ruhe, der Huberbauer war doch immer mit großem Foto in der Zeitung, das mussten die doch gesehen haben.

Leni musste ihnen genau beschreiben wo das Auto stand, wo sie die Pistole gefunden hatte und wo der Huberbauer wohnte. Die Polizisten wollten überall dort hinfahren und auch dort Spuren sichern. Da würde sich der Huberbauer freuen, wenn er einmal so viel Besuch bekam. Außer dem Gustl hatte er normalerweise wenig Gesellschaft. Vielleicht könnten die Polizisten ja gleich die Karotten für den Gustl mitnehmen.

In der Hütte und der Umgebung hatten sie sich schon ganz genau umgesehen und sie hatten das Auto von Johanna gefunden. Es stand nicht weit vom Festival-Gelände entfernt. Im Kofferraum war die Tasche mit dem Lösegeld und im Handschuhfach lag die Pistole in genau dem Etui das Leni beschrieben hatte. Auf dem Rücksitz lag das Handy von Johanna.

Der dünne Mann hatte mittlerweile alles gestanden.

Er und der bärtige Riese betrieben seit langem einen Mandelstand und fuhren damit durch ganz Österreich und Bayern um auf allen möglichen Festivals und Festen ihre Süßigkeiten zu verkaufen. Sie kamen ursprünglich aus einem kleinen Ort im Zillertal.

Schon lange hegten sie den Plan den großen Reibach zu machen und sich ins Ausland abzusetzen. Mit allerlei kleinen Betrügereien hatten sie versucht an zu Geld zu kommen, aber wirklich reich wurden sie dadurch nicht. Wenn man es genau betrachtete stellten sie sich einfach zu ungeschickt an und zu einem Banküberfall fehlte ihnen, Gott sei Dank der Mut.

Sie hatten erfahren, dass die Tochter eines steinreichen Bankiers aus Kufstein seit neuestem Musik machte und ihr erstes größeres Konzert auf dem Chiemsee-Festival geben würde, das wäre doch die Gelegenheit, schnell und leicht verdientes Geld zu machen. Sie hatten schon nach kurzer Zeit einen Plan gefasst und waren sich einig:
Es konnte nicht so schwierig sein, so ein junges Ding zu entführen, Lösegeld zu kassieren und sich dann absetzten. Das wäre die Gelegenheit ihren Traum endlich zu verwirklichen.
Außerdem hatten sie mit ihrem Vater noch eine Rechnung offen. Bei dessen Bank hatten sie vor einigen Jahren um einen Kredit für einen neuen Mandelwagen angefragt, waren aber sauber abgeblitzt, wie der Dünne bereitwillig zugab. Ein bisschen Lösegeld als Finanzspritze für einen neuen Mandelwagen mit dem man dann im Ausland reich werden könnte wäre nur gerecht gewesen.
Dass sie sich in der „Johanna" geirrt hatten, daran war nur die blöde Kuh von der Rezeption vom Hotel Seeblick schuld, die habe sie auf die falsche Spur gebracht.
Bereits in aller Früh waren Polizisten ins Hotel Seeblick gefahren, hatten die nette Dame im Dirndl zum Verhör geholt und dabei gleich Johannas Suite durchsucht.
Der Wirt vom Hotel Seeblick war stinksauer gewesen, wo er doch so großen Wert auf Diskretion legte, mit einer Ausnahme: Wenn er in der Gaststube persönlich mit den Geschichten seiner Gäste prahlte, die sicherlich auch nicht für die Ohren der Öffentlichkeit bestimmt waren.
Aber, dass die Dirndlfrau entlassen werden würde, das schien sicher.

Während Leni über die Fahrt mit dem Sack auf dem Kopf und das Treffen mit Johanna berichtete, ging plötzlich die Türe auf.

Blass und in Begleitung ihrer Eltern erschien Johanna auf der Polizeistation. Leni stürmte auf sie zu und umarmte sie herzlich. Johanna beugte sich zu Leni und flüsterte ihr ganz leise: „Danke!" ins Ohr, dann herzten sie auch schon Johannas Eltern immer und immer wieder. Leni konnte kaum noch Luft holen, so fest wurde sie von ihnen gedrückt.

Hauke saß kerzengerade auf seinem Stuhl und überlegte ob Johanna mittlerweile schon geduscht habe, nur für den Fall, dass sie ihn womöglich auch umarmen würde.

Noch ehe er sich versah, hatten ihn schon Johannas Eltern in ihre Mitte genommen und zerdrückten ihn fast, wie er später erzählte. Johanna umarmte ihn anschließend auch und gab ihm ein Bussi auf die Backe. Damit hatte er nun gar nicht gerechnet, Röte kroch von seinem Hals über die Ohren bis in den Kopf und ihm wurde ganz heiß. Schnell wandte er sich ab und trommelte nervös mit den Fingern auf die Tischplatte.

Sollten sie doch weiter Fragen stellen, dann käme er zügig hier raus. Er musste doch schließlich heute noch in die Arbeit.

Johanna war bereits im Krankenhaus vernommen worden und hatte alle Einzelheiten erzählt, von der großen Suite, von der Entführung am Parkplatz, von der Hütte, dem Plumpsklo und wie grob der Entführer, der dünne, mit ihr umgegangen war. Sie konnte beide Männer gut beschreiben. All ihre Erzählungen deckten sich mit den Geschichten von Hauke und Leni. Johanna hatte auch davon berichtet, wie die zwei plötzlich in die Hütte gebracht wurden und dass sie wieder Hoffnung hatte mit der Hilfe der beiden zu entkommen. Wie sehr sie dann wieder daran gezweifelt hatte, als sie

Leni ́s Behinderung erkannte.

Johanna hatte aber auch beschrieben, wie mutig Leni tatsächlich gewesen war, dass sie die Idee mit der Flucht hatte, dass Leni den Spalt gefunden und begonnen hatte das Loch zu graben. Dass sie sie immer wieder getröstet und für sie gesungen hatte. Sogar, dass Leni es geschafft hatte Hauke zum Graben zu ermuntern und sie dann ganz alleine losgelaufen war um Hilfe zu holen.

Alle redeten wirr durcheinander, Vermutungen wurden angestellt und Wissen ausgetauscht.
Leni und Hauke versuchten in dem ganzen Trubel den Durchblick zu behalten und sahen sich immer wieder hilfesuchend an. Die Kommissare aus München unterbrachen das Durcheinander und sorgten wieder für Ordnung.
Johannas Eltern bedankten sich bei allen, Polizisten, Kommissaren, bei Sepp und noch viele Male bei Leni und Hauke. Erst nach einiger Zeit kehrte endgültig Ruhe ein.
Die Vernehmungen aller Beteiligten wurden zu Ende geführt, es wurde viel Papier beschrieben, das dann unterzeichnet werden musste.
Müde und erschöpft fuhren Johanna und ihre Eltern später zurück nach München, die restlichen Einzelheiten konnten sie auch dort mit der Polizei klären. Das Lösegeld wurde noch genau gezählt und überprüft und in der Tasche wurde nach verwertbaren Spuren gesucht. Die Eltern würden das Geld auf schnellstem Wege zurückerhalten. Die Pistole wurde sichergestellt, in eine Tüte verpackt und zu den Beweisen gelegt.

39.

Hauke und Leni hatte viele Male mit ihrem Namen die Protokolle unterschrieben und warteten nun auf Sepp, der sie nach Hause bringen wollte.
Als dieser mit ihnen aus dem Polizeirevier auf die Straße trat stürmten Fotografen und Reporter, die inzwischen alle Wind von der Sache bekommen hatten auf sie zu.
Es blitzten Fotoapparate, Mikrofone wurden den dreien unter die Nase gehalten, jeder zog an Leni und Hauke und brüllte: „Hierher schauen, bitte lächeln!" Andere fragten, ohne wirklich auf eine Antwort zu warten: „Hallo

sie, können sie uns die ganze Geschichte erzählen? Wie fühlt man sich als Heldin?"

Hauke blieb vor Schreck der Mund offen stehen, er schob die Hände in die Hosentaschen und zwickte die Augen ganz fest zu. Aber es half nichts, die Schockstarre wollte nicht eintreten. Die Menschen stürmten und drängten weiterhin auf ihn ein. Leni neben ihm begann zu weinen.
Sepp schubste einen der Reporter von der Treppe und brüllte: „Kein Kommentar!" er riss Leni und Hauke mit sich zurück in die Polizeistation und schlug den Presse-Fuzzis, wie er sie später nannte, die Türe vor der Nase zu.
Jetzt war guter Rat teuer. Sepp überlegte kurz, hinter dem Haus parkte sein Jimmy, wenn die Reporter davon ausgingen, dass Leni und Hauke mit einem Polizeiauto nach Hause gebracht werden würden, wäre das vielleicht eine Möglichkeit unentdeckt hier wegzukommen. Gesagt getan. Er schickte ein paar Kollegen zur Vordertüre um die Meute abzulenken und schlich sich mit Leni und Hauke aus der Hintertür. Niemand bemerkte sie. Er setzte die beiden auf den Rücksitz seines Autos und zog ihnen eine Decke über den Kopf, anschließend setzte er das Blaulicht auf das Dach des Jimmys und raste aus dem Hof. Die Presseleute mussten auf die Seite springen, so dass ihnen keine Zeit blieb nachzusehen, ob noch jemand im Auto saß.

Schon zum zweiten Mal fuhr Leni nun mit dem Blaulicht und in rasendem Tempo nach Hause.
Sie zog die Decke vom Kopf und genoss die Fahrt, eine Heldin hatte der Reporter sie genannt, eine Heldin.
Sie sah zu Hauke, doch der saß völlig starr mit der Decke über dem Kopf auf dem Rücksitz und rührte sich nicht.
„Sepp" fragte sie. „Was ist eine Heldin?"
Sepp überlegte kurz und antwortete: „Jemand der etwas sehr mutiges getan hat und keine Angst hat!"
Noch im selben Moment bereut er seine Antwort, als er sah, wie Leni sich stolz aufrichtete und sagte: „Darf ich jetzt Polizistin werden?"
Oh Gott, wenn er Leni nur nicht angestachelt hatte, sich bei nächstbester Gelegenheit wieder in Gefahr zu bringen.

Erstaunlicher Weise war es vor dem „Ich + Du - Haus" völlig ruhig, keine Reporter, keine Fotografen, aber auch kein einziger Bewohner war zu sehen.

Leni hüpfte fröhlich aus dem Wagen, eine Heldin! Sie war eine Heldin! Sie war sooo stolz und wollte unbedingt allen die ganze Geschichte erzählen, gestern war sie ja zu müde dafür gewesen.

Schade dass kein Mensch zuhause war und von ihr Notiz nahm.

Hauke hatte sich immer noch nicht bewegt, Sepp nahm ihm die Decke vom Kopf und bat ihn auszusteigen. Hauke hatte ganz rote Backen, als hätte er Fieber. Er hielt eine Hand fest auf die rechte Wange gepresst und wollte sie auch nicht wegnehmen als Sepp nachschauen wollte, ob er eventuell verletzt sei.

Leni kam zurück zu Auto, setzte sich neben Hauke und nahm seine Hand, sie begann leise zu singen. Ganz langsam ließ er nun den Arm sinken und man konnte sehen was er dort versteckt hielt. Den Abdruck von Johannas Lippenstift, den sie bei dem Kuss auf seinem Gesicht hinterlassen hatte.

Peinlich berührt stieg Hauke aus dem Auto und marschierte schnurstracks in die Wohnung ohne Leni und Sepp eines Blickes zu würdigen.

Jetzt musste sogar Sepp grinsen, Hauke war verliebt....

40.

Leni folgte Hauke in die Wohnung, doch der war schon im Zimmer verschwunden.

Sepp ging sich umziehen, auch für ihn war es ein anstrengender Tag gewesen.

Es dauerte nicht lange, da stand Britta in der Türe und umarmte Leni und bat sie, Hauke zu holen und mit ihm kurz in den Versammlungsraum im Keller zu kommen.

Leni klopfte und öffnete die Türe, da saß er, auf dem Bett, erneut die Hand fest an seine Wange gepresst. „Hauke, wir sollen schnell in den Keller kommen, ich glaube Britta braucht Hilfe im Versammlungsraum!" Hauke erwiderte: „Aber nur kurz, danach will ich meine Ruhe haben!"
Die beiden liefen in den Keller, dort war nichts zu hören, ob Britta schon wieder nach oben gegangen war?
Sie öffneten die Tür zum Versammlungsraum und ein Donnerwetter brach über sie herein.

Alle Bewohner des Hauses waren versammelt, der Tisch war voll mit Kuchen, Kaffee und Blumen. Bunte Luftballons hingen unter der Decke. Sekt wurde geöffnet, Mike ließ im wahrsten Sinne des Wortes die Korken knallen.
Die Bachmeier Buben standen artig mit einem Glas Apfelschorle neben dem Tisch und gratulierten Leni zu ihrer Heldentat.
Der General hatte seine Ausgehuniform an und war so stolz auf Leni, dass er sich benahm als hätten seine Truppen einen Krieg gewonnen.
Mama und Oma Bachmeier hatten wohl schon vorher auf Leni angestoßen, denn beide wirkten leicht beschwipst. Astrid und Biggi waren da und hatten einen großen Sack Möhren für Gustl mitgebracht. Luggi und Marie schliefen trotz des Lärms in ihren Kinderwägen, vielleicht hatten   sie ja auch schon einen Schluck Sekt bekommen, überlegte Leni.

Gabi Bachmeier stand mit der Hand hinter dem Rücken neben Sepp der wartete, bis sich die Aufregung ein bisschen gelegt hatte, dann ergriff er das Wort:
„Liebe Leni, wir sind alle sehr froh, dass euch beiden nichts passiert ist und stolz, dass du so mutig gehandelt hast und dadurch geholfen hast Johanna zu befreien. Ich verleihe dir hiermit die Ehrenmitgliedschaft bei der Sonnwanger Polizei!"
Gabi Bachmeier trat nach vorne und holte hinter ihrem Rücken eine Polizeimütze hervor. Sie setzte Leni die Mütze auf und gratulierte ihr von Herzen.
Jetzt trat auch noch der General nach vorne und salutierte vor Leni, diese bekam vor Schreck Schluckauf. Jetzt kam wohl der verdiente Ärger wegen

des Einbruches. Sie hielt den Atem an und zog den Kopf ein, doch der General wandte sich ab und ging zu Hauke. Er salutierte auch vor ihm und holte aus seiner Jackentasche ein Barett wie es früher die Soldaten getragen hatten. Er setzte es ihm auf und ernannte ihn zum Ehrenadjutanten von Leni, der entscheidend zur Befreiung von Johanna beigetragen hatte. Hauke stand starr vor Schreck, mit einem roten Barett auf dem Kopf und einem noch röterem Lippenstift-Fleck auf der Wange mitten im Raum und wusste nicht wie ihm geschah.

Im nächsten Moment begann tosender Applaus. Alle Bewohner klatschten und beglückwünschten die beiden und es wurde geherzt und gedrückt und anschließend kräftig gefeiert.

Leni und Hauke mussten wieder und wieder erzählen wie sich alles zugetragen hatte, jeder wollte Einzelheiten wissen und immer führten die Geschichten zu einem lauten Ah und Oh im Keller des „Ich + Du - Hauses".

Leni versuchte die Geschichte mit der Rumpelkammer vom General auszusparen, bis sie bemerkte, dass dieser auf der Bank eingeschlafen war. Sekt zu trinken war er nicht mehr gewohnt und feiern auch nicht.

Im Flüsterton erzählte sie ganz schnell den Teil mit der Reisetasche und den toten Tieren in der Wohnung vom General. Oma Bachmeier rief nur: „Hab ich es doch richtig gehört!" und nippte weiter an ihrem Sektchen.

Leni trug die Polizeimütze dabei den ganzen Abend und als es Zeit fürs Bett war legte sie diese auf ihr Nachtkästchen und betrachtete sie stolz.

„Ich bin jetzt bei der Polizei!!" murmelte sie, schlief ein und träumte schon einmal von ihren nächsten Heldentaten.......

Herstellung und Verlag:
BoD- Books on Demand, Norderstedt
ISBN: 978-3-7528-3355-3